방황의
조각들

일러두기

· 본문은 국립국어원의 어문 규범을 우선했지만 일부 표준어가 아닌 단어는 작가의 문체를 살리기 위해 그대로 두었습니다.

삼십춘기 화학 연구원의 방황 이야기

방황의 조각들

온정 에세이

프롤로그

다시 방황해 볼까

방황 같은 거, 하기 싫었다.

고등학생 때부터 막연히 화학 연구원을 꿈꿨다. 당시 대학원에 다니고 계시던 화학 선생님은 수업 시간 중에 이렇게 얘기하셨다.

"실제로 화학을 연구하는 건 너희가 생각하는 것만큼 근사하지 않아. 연구원들이 물질을 합성하고 나면 뭐 하는지 알아? 결과물 0.1g이라도 더 얻어 내려고 스푼으로 플라스크 벽 긁고 있어. 아주 소심하고 구질구질하게."

몇 년 뒤 나는 0.1g, 아니 0.001g이라도 더 얻어 보려고 아주 소심하고 구질구질하게 둥근 플라스크를 긁는 대학원생이 되어 있었다. 그럴 때마다 화학 선생님이 해주신 이야기가 떠올라서 피식 웃음이 나오곤 했다.

학창 시절부터 다른 길로 새고 싶을 때마다 '화학'을 외치며 앞으로 나아갔더랬다. 대학 생활을 할 때도 전공 선택을 잘못한 것 같다고, 자신과 너무 안 맞는다고 괴로워하는 수많은 학과 사람들 사이에서 나는 속으로 안도했다. 화학만을 생각하며 진학한 내게 전공은 잘 맞는 편이었고, 화학 하는 사람으로 자리매김할 미래를 그리다 보면 공부가 아무리 어려워도 견딜 수 있었다. 괜찮은 학점과 영어 점수, 그리고 조금 더 늘리게 될 가방끈까지.

대학원 연구실의 문을 열며 나는 희망에 발을 푹 담갔다. 그 속에 미끄러져 허우적거리게 될 줄도 모른 채.

이제껏 안전한 곳을 향해가는 게 삶의 진리인 줄 알고 살아왔다. 새로운 일에 도전할 용기라든지 낯선 곳에서 살아남는 법에 대해서는 배운 적도 없었다. 그저 지금 있는 자리에서, 내가 가진 능력을 최대치로 끌어올려서, 어떻게든 안전한 목적지에 가까워지기 위해 전력을 다했다.

떠돌이 신세나 되자고 그토록 성심껏 산 게 아니었는데. 발버둥 칠수록 목적지와의 거리는 더 멀어져 갔고, 한 번만으로도 버거웠던 방황의 세계에 나는 몇 번이고 내던져졌다.

처음에는 두려움에 주저앉아 울고 싶었고, 두 번째엔 허탈함에 마음이 쓰렸으며, 눌어붙은 눈물 자국을 닦아낼 새도 없이 연달아 나동그라진 이후 어느 순간부터는, 이제 더는 잃을 게 없다는 걸 깨달았다. 텅 빈 주변을 둘러보며 한참을 체념하다가 생각했다. 나는 지금 깨끗한 땅을 밟고 서 있구나. 그렇다면 아주 작은 것들부터 다시 심어보자. 이 위에 나만의 세상을 만들어 나가는 거야. 이곳저곳을 헤매며 모아 온 씨앗들을 그 위에 뿌렸다.

내가 살게 된 이곳이 앞으로 어떤 모습으로 자리 잡게 될지 아직 잘 모르겠다. 지금, 한창 현재 진행형이니까. 그래도 한 가지 명백한 사실이 있다. 방황하지 않았더라면 평생 몰랐을 세상이라는 것.

지난 나의 10여 년을 '비자발적 방황의 시간'이라고 정리하고 싶다. 안전해 보이는 행성의 주변을 떠도는 자그마한 위성처럼 지냈다. 내가 생각하는 안정적인 곳에는 어떤 강력한 힘이 존재해서, 그쪽에 가닿으려고 애쓰는 나를 자꾸만 밀어냈으니까.

네 번째 퇴사 후 나는 결국 행성에 정착하는 걸 포기하고, 불안정한 위성으로서 삐뚤빼뚤한 나만의 궤도를 그려보기로 했다. 그렇게 결심하고 몇 달 뒤 공교롭게도 두 번의 취직 기회가 찾아왔다. 어쩔 수 없이 떠나야만 했던 과거의 직장들에서 제안해 준 것이었다.

하지만 그토록 원하던 직장인으로 다시 돌아갈 것이냐의 기로에서 고뇌하던 나는 가지 않는 길을 택했다. 행성에 작용하는 강한 척력이 결국에는 다시금 나를 튕겨낼 것만 같아서. 일단은 조금 거리를 둔 채 다른 방식으로 살아가 보기로 했다.

이제부터는 '자발적 방황의 시간'을 가져 보려 한다. 지구의 주변을 서성이며 어둠 속을 그윽하게 빛내는 달처럼. 행성을 축 삼아 빙그르르 돌며 나만의 빛을 구현해 보려 한다. 글쓰기라는 방식으로.

Chapter 1.

나와 일의 케미스트리

Chapter 2.

나와 나의 케미스트리

Chapter 3.

나와 타인의 케미스트리

Chapter 4.

나와 세상의 케미스트리

Chapter 1

나와 일의 케미스트리

이상온도가 감지되었습니다

"삐- 이상 온도가 감지되었습니다."

"친구야, 잠깐만 이리 와 봐. 다시 한 번 재보자."

저놈의 열화상 카메라는 오늘도 말썽이다. 아마 강렬한 햇빛 탓에 경보음이 잘못 울린 듯하다. 아이의 체온을 다시 재보니 35.2도씨. 이제 가도 돼, 라며 가방을 떠밀어주는 사이 또다시 아이들이 우르르 몰려들어온다. 그들을 세심히 관찰하고 지도하느라 나의 눈과 입은 늘 분주하다. 일을 시작한 가을쯤에는 그러지 않았는데, 추워진 요즘은 마스크 속에서 입김이 응축되어 이슬이 방울방울 맺힌다. 축축한 그 느낌이 영 찝찝하지만 별 수 없이 아이들을 향해 외친다.

"천천히 들어오세요!"
"친구야, 체온 잘 확인하고 들어가야지?"
"손 소독 제대로 해야죠! 뽀득뽀득!"
"옳지. 통과!"

전교생이 200명 남짓 되는 작은 초등학교. 나는 가장 먼저 출근해서 현관 입구의 유리문을 활짝 열어젖힌 뒤, 등교하는 아이들의 체온을 확인하는 일을 한다. 열화상 카메라는 실시간으로 사람의 얼굴을 감지하며 모니터 위에 영상을 내보낸다. 37도씨 미만의 정상 온도라면 얼굴 모양에 맞추어 초록색 사각형이 뜨고, 이상 온도가 감지되면 경보음과 함께 빨간색 사각형이 뜬다. 200명 얼굴 위의 사각형을 보며 나의 하루 일과가 시작되는 셈이다. 코로나19라는 역병이 만들어낸 조금은 씁쓸한 일과다.

아이들이 한 명 한 명 들어올 때마다 나는 먼저 인사를 건넨다. 어떤 아이들은 배꼽 인사를 하거나 꽃 같은 미소로 답하고, 일부 아이들은 무시하며 지나가기도 한다. 밉든 곱든

간에 처음엔 마냥 어색했던 아이들이 이제는 제법 익숙해졌다. 가끔 "선생님!" 부르며 다가와서 종알종알 이야기를 늘어놓는 모습을 보면, 머리를 쓰다듬어주고픈 충동이 나의 말초신경을 타고 전해진다. 하지만 최대한 몸이 닿으면 안 되는 시기이니 꾹 참아본다.

입구에서 겨우 30초가량 마주할 뿐이지만 각각의 아이들을 파악하는 일은 흥미롭다. 긴 앞머리 탓인지 매번 얼굴 인식이 잘 안 되는 고학년 여학생은, "아오, 전 사람이 아닌가 봐요!"라며 투덜거린다. 아토피가 심한 한 남학생은 손 위에 알코올이 뿌려지는 순간 인상을 쓰며 손을 빠르게 털어낸다. 윽, 얼마나 아플까. 난 마음속으로 그 쓰라림에 공감해본다.

특수반 아이들이 도착하면, 미리 교정까지 마중을 나갔던 담당 선생님이 아이들의 손을 잡고 안으로 들어온다. 꼭 맞잡은 손에 사랑이 느껴져서 내 입에는 늘 미소가 번진다. 개인 사정 때문에 1교시 수업만 참석하는 친구는 늘 할머니와 함께 등교한다. 나는 재빨리 방문객 일지를 꺼내어 할머니의 성함을 적는다. 두 사람은 꼭 8시 56분에 등교를 하기 때문에, 그들이 오면 굳이 시계를 보지 않아도 방역 지도 업무가 다 끝나간다는 걸 알 수 있다.

9시가 되어 선생님과 학생들 모두 교실로 들어가면, 나는 휴게실에 들러 본격적으로 일할 준비를 시작한다. 먼저 20리터의 소독제가 들어있는 큼직한 플라스틱 말통의 뚜껑을 돌려서 연다. 이 소독제에는 과연 에탄올이 몇 퍼센트나 들어있을까. 매일 아이들의 맨손에 닿는데 과연 괜찮은 걸까. 습관처럼 성분표를 뒤져보다가 이내 멈추고 생각한다. 할 일이나 하자. 넌 청소하러 온 거야. 말통에 빨간색 자바라 펌프를 꽂고, 소독제를 능숙하게 2리터짜리 페트병으로 옮긴다.

자바라 펌프는 보기엔 쓰기 쉬워 보이지만 제법 섬세한 힘 조절 기술을 필요로 한다. 여차하면 옮기려던 용기 위로 액체가 넘치며 분수처럼 마구 솟아오르고, 결국 바닥에 홍수를 이루기 마련이다. 자바라 펌프를 다루는 솜씨에 나도 모르게 뿌듯해하다가, 고작 이런 걸로 으쓱거리고 있다는 사실을 깨닫자 기가 차서 웃음도 안 나온다. 이런 데에서 나의 실험 경력을 발휘하게 되다니. 하여튼 살면서 필요 없는 경험이란 없는 법이다.

물통으로 옮긴 소독제는 작은 스프레이 통에 다시 한 번 붓는다. 그 스프레이 통은 출근부터 퇴근까지 분신처럼 지니고 다니며 시도 때도 없이 사용한다. 양손에 비닐장갑을 끼고 손걸레까지 들면 소독 준비 완료. 고요한 복도를 혼자 누비며, 걸레에 수시로 알코올을 묻혀 사람의 손이 닿을 만한 모든 곳을 닦는다. 이 작은 학교에도 무려 본관과 별관이 있고 계단은 네 군데에나 있어서, 처음엔 계단 손잡이를 닦는 일이 가장 혼동스러웠더랬다. 내가 여기를 닦았나? 안 닦았나? 갈팡질팡하며 헤매던 그 길도 이제는 익숙해졌다. 나만의 청소 동선이 생기며 시간도 훨씬 단축되었다.

나무로 된 교실 문을 닦을 땐 혹시 덜컹거려서 수업에 방해가 될까 봐 한 손으로 문을 꾹 누른 채 닦는다. 최대한 아이들의 키 높이에 맞추어서 닦으려고도 노력한다. 저학년 반은 아래쪽 위주로, 고학년 반은 위쪽 위주로. 그 외에도 화장실 손잡이, 아이들이 앉는 의자, 엘리베이터 버튼 등 학교의 모든 곳이 나의 손을 거쳐 간다.

에탄올이 훑고 간 자리는 잠시 채도가 짙어진다. 그리고 1분도 채 되지 않아 증발해 버린다. 그 흔한 얼룩조차 남기지 않은 채로. 바이러스나 지문 등은 눈에 보이지 않지만 마음의 눈으로라도 보자고 줄곧 다짐한다. 현미경으로 본다면 정말 보일 수도 있을 텐데. 그새 또 엉뚱한 생각 한 스푼을 푸다 말고 고개를 절레절레 젓는다.

학교를 다 돌아도 시간은 넉넉하게 남는 편이라, 중간에 한 번 정도는 건물 밖으로 나가 바깥공기를 쐰다. 그 시간은 보통 늦은 오전쯤이니 쌀쌀하던 아침과 달리 피부에 닿는 공기의 온도가 딱 적당하다. 햇살이 조금씩 영역을 넓혀가고 있는 작은 운동장을 응시하고 있자면 마음이 평온해진다. 노동 후 갖는 휴식은 실로 달콤하다.

소독 일은 늘 퇴근 시간보다 15분 정도 일찍 끝난다. 휴게실로 돌아와 사용했던 일회용 비닐장갑을 벗어 고스란히 보관해둔다. 고분자 재료로 만들어진, 썩지 않는 비닐을 쓰는 일에 나는 남들보다도 더 큰 죄책감을 느낀다. 그래서 비닐장갑은 구멍이 뚫리기 전까지 버리지 않고 매일 재활용해서 쓴다.

세 시간 만에 다 써버려서 텅 비어버린 스프레이 통을 다시 넘실거릴 정도로 채운 뒤, 손바닥에 에탄올을 칙칙 뿌려서 마지막으로 소독한다. 안 그래도 건조한데 손 소독을 너무 자주 해서 내 손은 허옇게 튼다. 거친 손을 만지작거리며, 나는 도대체가 정상적으로 휴대폰 지문 인식을 할 수 없는 숙명을 타고났구나, 생각한다. 그런 식으로 나의 오전 아르바이트가 마무리된다.

퇴사 후, 잠시 하게 된 아르바이트일 뿐인데 이렇게 또 화학물질을 만지고 있다. 하긴, 이 세상에 화학이 없는 곳이 어디 있겠냐마는. 그래도 화학과 조금이나마 연결된 듯한 이 느낌이 싫지만은 않다. 지금은 소독제로써 에탄올이 워낙 흔해졌지만 그전부터도 에탄올은 나에게 매우 친숙한 존재였다. 소주를 표현한 건 아니다. 아니… 솔직하게 고하자면 그 뜻도 조금은 있는 것 같다.

어쨌든 일반적인 소독제나 네일 리무버로 쓰이는 에탄올, 아세톤은 물로 희석시킨 형태이다. 그러나 나는 함량이 100%에 가까운 에탄올이나 아세톤으로 매일 실험 도구들을 설거지했었다. 고학년 아이들이 "받아쓰기요? 그건 껌이죠!"라고 말하는 것과 비슷한 뉘앙스로, "에탄올? 그건 물이죠!"라고 말할 수 있는 것이다.

그간 화학으로 둘러싸인 세상에서 도망쳐 나오려 많이 애써왔지만, 막상 화학은 상상 그 이상으로 도처에 깔려있었다. 그래서 본의 아니게 자꾸만 떠올리게 된다. 화학쟁이였던 나의 지난날들을.

첫 번째 퇴사
: 결말이 정해진 레이스

'그만 두겠습니다… 정말 죄송합니다.'

A 회사를 나오기로 마음의 결정을 내린 뒤 며칠간 머리를 싸매며 연구소장님께 편지를 썼다. 처음에는 편지지 위에 무작정 쓰기 시작했다가 아까운 종이를 몇 장이나 구겨서 버렸다. 결국 휴대폰 메모장을 켜서 먼저 내용을 적고, 그걸 수십 번 고치고 또 고쳤다. 그렇게까지 했는데도 여전히 그 내용을 편지지 위로 옮기는 일은 쉽지 않았다. 어떻게 해야 오해 없이 받아들이실까. 어떤 문장을 골라야 나의 진심을 제대로 전할 수 있을까.

"소장님, 그동안 안간힘을 써가며 버텨보았지만 더 이상은 어려울 것 같아요. 저 자신을 위해 결국 퇴사를 결정하게 되었습니다. 소장님께 제때 도움을 청하지 못하고, 이렇게 통보 드리게 되어 진심으로 죄송합니다. 마지막 출근 날까지 흐트러지는 모습 없도록 노력하겠습니다."

끙끙 앓으며 겨우 완성한 장문의 손편지를 연구소장님께 드리고는, 자리로 돌아가 손톱 거스러미를 뜯으며 기다렸다. 소장님은 같이 점심 식사를 하자고 하셨다. 그리곤 차를 타고 15분 거리에 있는 두부 전문 식당에 나를 데리고 가서 맛있는 밥을 사주셨다. 소장님은 다시 생각해 보면 안 되겠냐며, 여러 번 나를 붙잡으셨다. "죄송합니다. 저 정말 한계예요…" 죄인처럼 읊조리며 목구멍으로 넘긴 밥은 명치쯤에서 켁 걸릴 것만 같았다.

나도 회사를 떠나기 싫었다. 첫 직장인 A 회사는 나에게 꽤 각별한 곳이었기에, 마지막 출근 날에도 40명 남짓 되는 직원들에게 인사를 돌며 대성통곡을 했더랬다. 정확한 사정을 모르시는 차장님 한 분은, "온정 씨가 원해서 퇴사하는 건데 뭘 그렇게 울고 그래. 뚝!" 하며 나를 달래주셨다. '그러게 말입니다. 힘들어서 퇴사를 결정했다면 후련해야 할 텐데요. 어째 저는 속상한 마음이 더 클까요.' 차장님이 건네주신 휴지로 콧물을 닦으며 혼자 그렇게 생각했다.

중학생 때부터 화학을 좋아했던 나는 고분자공학과라는 화학 관련 학과에 입학하며 대학생이 되었다. 플라스틱이 없는 현시대를 상상할 수 있을까? 환경 문제의 주범이라는 치명적인 단점이 있지만, 인간의 삶의 질을 향상시키는 데 플라스틱이 큰 몫을 했다는 사실엔 모두가 동의할 것이다.

우리가 자주 쓰는 PET 병, PP 용기, PE 봉지 등에 들어가는 'P'가 모두 Polymer, 즉 '고분자'의 약자이다. 이 외에도 고분자가 응용되는 분야는 무궁무진해서, 나는 전공 공부가 어려우면서도 늘 재미있었다. 열심히 공부해서 학점도 꽤 잘 받았겠다, 전공을 잘 살려서 화학 연구원이 되겠다는 나의 계획은 그럴듯해 보였다. 3학년이 된 지 얼마 되지 않아 대학원에 진학하기로 결심했고 그 길로 연구실에 들어갔다. 그때는 연구실의 일원이 됐다는 사실만으로도 뭐라도 된 것마냥 으쓱해졌다.

하지만 내가 대학원 연구실에서 느낀 건 이론과 실전의 큰 괴리였다. 학문은 학문이고, 막상 실험은 노동에 조금 더 가까웠다. 무엇보다 내가 크게 간과한 점이 있었다. 책에 그려져 있는 화학 기호들은 그저 그림의 형태일 뿐이지만, 그 화학물질을 실제로 다룰 경우 몸에 해롭고 위험하다는 사실. 지나고 생각해 보니 당연한 걸 헤아리지 못한 게 바보 같지만 그때는 생각이 거기까지 닿지 못했다. 대학교 학부 수업 시간에는 방법이 모두 정해져 있는 간단한 실험만 하니까.

나에게는 그저 흰 실험복을 입은 채, 한 손으로는 플라스크를 높이 쳐들고, 그 안에 담긴 액체를 관찰하는 연구원에 대한 환상 같은 게 있었다. 하지만 현실 속 연구원은 눈앞에서 플라스크를 높이 들면 안 된다. 얼굴 위로 쏟아지기라도 하면 그야말로 큰일이 날 테니까. 게다가 실험복은 흰색일 수 없다. 온갖 화학물질들이 묻어 꼬질꼬질해지기 때문.

나는 석사 과정을 포함하여 연구실에서 3년 정도 연구를 했는데, 안타깝게도 내 몸은 화학물질에 몹시 민감하게 반응했다. 마치 미술 하는 사람이 물감 알레르기가 있는 것과 같은 상황이었다. 나는 늘 화학물질에 취해 몽롱한 상태로 실험을 했고, 피부에는 트러블을 달고 살았다. 역한 냄새에 종종 헛구역질을 하기도 했다.

연구실에서 흔하게 쓰는 물질들의 용기 겉면에는 빨간색 마름모 안의 해골 그림과 함께 무시무시한 문구들이 적혀 있었다. 발암성, 폭발성, 흡인유해성, 피부자극성, 급성독성… 심지어 매일같이 쓰던 클로로포름이라는 액체는 과거에 마취제로 사용되었던 물질이었다. 그런 냄새에 노출된 채로 실험을 하니 제정신일 리가 있나. 그 와중에도 줄곧 밤늦게까지 실험을 했고 밤을 새우는 날도 있었다. 건강이 악화되는 게 눈에 보였지만 어찌할 도리가 없었다. "연애를 책으로 배웠어요!"라는 웃지 못 할 문구가 있듯이, "전 화학을 책으로 배웠다구요!"라고 외치며 울고 싶은 심정이었다.

그럼에도 늘 애정을 가지고 연구에 임했다. 난 화학을 좋아했으니까. 그거 하나만은 분명했으니까. 그러나 마음과 달리 애정은 점점 두려움으로 이어졌고, 어느새 화학은 공포의 대상이 되기에 이르렀다.

혼자 출근해서 실험을 하던 어느 주말이었다. 둥근 플라스크 안에 산acid을 포함한 화학물질들을 넣고 마그네틱 바를 돌리며 반응을 시켰다. 잘 섞이는지 보려고 얼굴을 가까이 갖다 댔다가, 이내 뒤로 돌던 찰나였다.

"쨍그랑!"

화학반응이 격하게 일어나며 플라스크가 통째로 폭발해 버렸다. 그 안에 들어있던 빨간색 액체와 유리 파편들이 벽과 내 실험복 등짝에 주르륵 흘렀다. 몇 초만 늦게 뒤를 돌았다면 나의 얼굴로 튀었을 것들이었다. 이 경험은 내게 끔찍한 트라우마를 남겼다. 화학이 장기적으로도, 순간적으로도 나를 해칠 수 있다는 생각이 머리를 떠나지 않았다.

건강과 맞바꾼 지옥 같은 대학원 생활을 버텨내고 겨우 석사를 졸업했다. 석사 학위라는 것이 나에겐 피나는 노력으로 얻은 표창장이었지만, 한편으로는 내 앞길을 정해주는 꼬리표가 된 것 같아 씁쓸했다. 배운 게 도둑질뿐이라고. 계속 화학을 할 수 있을지 막막한 와중에도 나는 연구원 직무로 취업 지원서를 넣을 수밖에 없었다.

어렵게 취직한 회사는 환경이 좀 더 낫길 바랐지만 별반 다를 게 없었다. 창문도 없는 밀폐된 공간에서 휘발유 같은 냄새를 온종일 맡아야 했고, 마이크로미터급 크기의 분말들을 다루다 보면 비염이 도져서 콧물이 줄줄 흘렀다. 위산이 자꾸 식도까지 역류해서 기침을 했고, 오후쯤 되면 헤롱헤롱 해져서 아무리 집중을 하려 해도 동공에 힘이 풀리게 마련이었다. 자꾸만 멀어져 가는 정신을 책임감이라는 줄로 질끈 동여매며 하루하루를 버텼다.

그러던 어느 날이었다.

"끼이이이익!"

여전히 화학물질에 취해, 또 부리나케 뒤꽁무니를 쫓아오는 마감 일정에 시달리며 실험을 하고 있었다. 큼직한 롤 세 개가 서로 맞물리며 빠르게 회전하는 장비를 쓰고 있었는데, 순간적으로 나의 실험복 소매가 롤 두 개 사이로 빨려 들어갔다. 빨려 들어가는 실험복이 내 손목을 세게 조이면서 손목까지 함께 빨려 들어갈 기세였다. 어…? 어쩌지? 가만히 있으면 안 되는데. 빨리 움직여야 하는데. 온몸이 굳어버렸다.

순발력이라곤 없는 내가 그나마 빨간색 Emergency stop 버튼을 쾅 하고 누를 수 있었던 건, 갑자기 그 장면이 천천히 흘러갔기 때문이었다. 왜, 영화나 드라마에서 큰 사고가 나면 슬로우 모션으로 연출되지 않는가. 그때 그걸 실제로 경험했다. 곧이어 장비가 멈추었고, 겨우 실험복을 빼낸 나는 다리에 힘이 풀려 그 자리에 풀썩 주저앉아버렸다.

그전에도 내 손에 들려있던 도구가 그 사이로 빨려 들어간 적이 여러 번 있었다. 롤의 틈새는 겨우 마이크로미터 단위여서, 스테인리스 소재의 편편한 도구가 순식간에 비참한 형태로 찌그러지곤 했다. 실험복이 아닌 손이 빨려 들어갔더라면 어떻게 되었을까. 나의 손은 아마도 밀대로 밀어낸 얇은 만두피처럼, 닫힌 문틈 사이에 껴버린 껌처럼, 파쇄기를 통과한 영수증처럼… 대략 그런 형태로 뭉개져 버렸겠지. 나는 대체 여기서 뭘 하고 있는 걸까. 회의감이 밀려왔다.

미련하기 짝이 없지만 그 후에도 나는 매일 그 장비를 썼다. 장비를 켜면 위이잉, 빠른 속도로 롤이 돌아가는 소리가 났다. 소리만 들어도 신경이 곤두서고 눈물이 떨어졌는데, "안 돼. 정신 차려야 돼!"라고 외치며 다시 장비 쪽으로 손을 뻗었다. 매일 밤 침대에 누워 눈을 감으면 장비에 손이 빨려 들어가는 장면이 눈앞에 펼쳐졌다. 눈을 감지 못하는 밤이 갈수록 늘어났다.

그 일이 있고 몇 개월이 지나고 나서야 겨우 퇴사를 결정했다. 입사 후 2년 만이었다. 어쩌면 처음부터 결말이 정해져 있던 레이스였는지도 몰랐다. 최선을 다했지만 분명히 나에게는 맞지 않는 신발이었다.

팀 사람들과 송별 회식을 하며 다 같이 뜨거운 눈물을 흘렸다. 장대비를 막아주는 큼직한 우산 같았던, 정 많고 따듯한 파트장님, 일도 잘하고 시원시원한데 다정하기까지 했던 대리님, 성실함과 든든함으로 완전 무장한 동료까지. 이토록 잘 맞는 사람들을 어디서 만날 수 있을까. 과연 좋아하는 연구 일을 다시 할 수 있긴 할까? 슬펐다. 그렇지만 살기 위해선 도망치듯 회사를 나올 수밖에 없었다. 회사를 벗어나고 나니 그제야 엉망이 된 몸뚱아리와 트라우마로 쪼그라들어버린 마음이 눈에 들어왔다.

다시는 연구원으로 취직하지 않을 거야, 생각했다. 오기와 반항으로 가득 찬 마음이었다. 사람들은 석사 학위가 아깝지 않겠냐고 물었다. 그럴 때마다 나는, 그걸 아까워하다간 어느 날 갑자기 쓰러져 죽더라도 이상하지 않을 것 같아… 라고 말했다. 아빠는 다른 회사로 가면 더 낫지 않겠냐고 물으셨다. 당시의 나는 정말이지, 물처럼 쓰던 에탄올조차도 곁에 둘 자신이 없었기에, 못 해먹겠다고 말씀드렸다. 화학과 관련된 그 어떤 것도 할 수 없다고.

아빠는 일단 쉬면서 체력을 충전해보고 다시 한 번 방법을 찾아보는 게 좋을 것 같다고 하셨다. 이 세상에 화학 연구하는 사람들이 수두룩한데, 사람이 일할 수 있는 환경이니까 다들 하고 있는 거 아니겠냐고. 맞는 말씀인지라 나는 아무 대답도 하지 못했다. 구역질 따위 하지 않고 태연하게 실험을 하던 동료들을 떠올렸다. 나만 그런 사람이었다. 아마도 나만, 화학에 적응하지 못한 사람이었던 것 같다. 자책이 나의 어깨를 무겁게 눌렀다.

앞으로 대체 뭘 하며 살아가야 하는 걸까. 정해져 있는 줄 알았던 나의 길. 그 길을 따라 치열하게 뛰어갔을 뿐인데 목적지는 막다른 골목이었다. 이제 다른 길을 찾아야만 했다.

두 번째 퇴사
: 이제야 운명을 만났는데

살고 싶다며 첫 직장인 A 회사를 나온 사람 치고, 나는 고작 두 달 만에 다른 직장을 구했다. 두 번째 직장에 입사하고 그로부터 딱 2년이 지난 어느 날이었다.

"선생님, 오늘이 진짜 마지막 출근이에요? 선생님이 이렇게 한가한 모습은 처음 봐요."

많은 학생들과 동료들이 분석실을 지나가다 말고 내게 말했다. 1분 1초가 바쁘게 움직이던 나의 손이 그날만큼은 갈 곳을 잃어버렸다. 갑자기 생긴 여유가 영 어색해서 분석실에 쌓여있는 먼지 덩어리들을 무심하게 쓱쓱 닦아냈다. 원래 출근하고 나면 금방 퇴근 시간이 다가왔던 것 같은데. 아홉 시간이 이렇게나 긴 시간이었던가. 애꿎은 메일함만 계속 뒤져보다가, 산더미처럼 쌓여있는 샘플에도 손을 대보았다가, 이내 관두고 말았다. 이제 나의 일이 아닌걸. 아쉬움에 한숨만 푹푹 쉬는 사수와 애써 태연한 척하는 나 사이에는 형언할 수 없는 무거운 공기가 흘렀다. 이곳에 면접을 보러 왔던 기억까지도 아직 생생한데, 2년이라는 시한부 계약은 너무나도 빠르게 지나가 버렸다.

왜 하필 또다시 퇴사 엔딩을 맞이해야만 하는 계약직이었나. 첫 회사를 그만둔 뒤로 쉬는 법을 몰라 하루하루가 불안했다. 아무도 눈치를 주지 않았으나 괜스레 혼자 눈칫밥을 과식하기도 했다. 자신 없이 채용 사이트를 훑던 나의 눈에 들어온 건 B 대학교 공동기기원의 구인공고였다. 공동기기원은 다양한 연구 장비를 구비해놓은 대학교 소속의 연구기관인데, 업체나 학교 연구실로부터 분석 의뢰를 받으며 운영하는 곳이다. 정확하게는 공동기기원 내 '열물성 분석실'의 분석자를 구하고 있었는데, 열물성 분석이라면 대학원생 때도, A 회사에서도 해본 경험이 있었다. 막다른 골목에서 다른 길을 찾겠다고 도망쳐 나왔지만 시야가 좁은 나에게는 그래 봤자 그 동네가 그 동네였던 셈이다.

2년 계약직에 A 회사보다도 몇 백만 원은 더 낮은 연봉. 그렇지만 대개 분석실은 기본적인 화학물질만 사용하기 때문에, 나로서는 용기를 내볼 만한 기회였다. 계약직이라는 조건도 도리어 나쁘지 않다고 생각했다. 당장 평생직장이라 곳을 찾자니 나의 책임감이 또 극성을 부릴까 봐 걱정스러웠고, 졸업 후 취직이 안 돼서 괴로워했던 때를 떠올리니 정규직의 높은 문턱을 넘을 자신도 없었다. 게다가 대학교의 공동기기원은 일하기 편하다는 소문을 대학원생 시절부터 종종 들어왔었다. 이력서를 쓰면서 이제는 제발 나 자신을 지키며 살자고 생각했다. 돈을 조금 덜 벌더라도 건강도 챙기고, 일도 좀 적당히 해보자고.

그것이 나만의 안일한 생각이었다는 건 입사 후 얼마 되지 않아 밝혀졌다. 그럼 그렇지. 일복은 나랑 찹쌀떡같이 붙어 다니는 존재인데, 그렇게 쉽게 떨어질 리가 없지. 내가 들어가게 된 B 대학교의 열물성 분석실은 전국 매출 1위를 자랑하는 곳이었다. 매일 샘플이 담긴 택배 박스가 전국 각지에서 날아와 책상 위로 차곡차곡 쌓였다.

열물성 분석은 재료에 열을 가했을 때 물성이 어떤 식으로 변화하는지 관찰하는 분석이다. 분석 자체의 난이도는 둘째 치고 장비에 샘플을 넣기까지의 준비 과정이 아주 험난했다. 분석 장비에 샘플을 넣기 위해서는 그 크기나 모양, 두께를 정해진 규격에 딱 맞추어 가공해야 했는데, 그게 얼마나 까다로웠냐면, 샘플을 평평하게 만들기 위해 0.001밀리미터, 즉 1마이크로미터 단위까지 세밀하게 맞춰야 했다. 내가 개미 발톱에 매니큐어를 칠하는 건지 실험을 하는 건지 구분이 안 될 정도였다.

모든 건 직접 손으로 했다. 난생처음 해봤던 톱질은 기본. 거칠기가 다른 온갖 종류의 사포들을 펼쳐두고는 그 위에 샘플을 비벼가며 갈았다. 특히 석류의 낱알만큼이나 자그마한 샘플을 가공할 때면 내 손톱의 투명한 부분까지 함께 갈리기 일쑤였다. 사포에 갈린 가루들은 휘휘 날려 눈과 콧속으로 들어갔고 옷소매는 늘 너덜너덜해졌으며 손가락의 지문도 사포에 갈려서 뭉개져 버렸다. 흑연 샘플을 가공하는 날에는 손 전체가 연필심 색깔로 물들었다. 아무리 손을 씻어도 때가 낀 것마냥 지워지지 않았고 코를 풀면 다음 날까지도 까만 입자가 묻어 나왔다.

그런 식으로 1년 동안 분석한 샘플이 2,500여 개에 달했다. 그릇의 용량은 정해져 있는데 밥을 한 톨이라도 더 주려고 꾹꾹 욱여넣는 할머니처럼, 나는 분석실에서의 하루 시간을 그렇게 썼다. 샘플 하나라도 더 측정하고 퇴근하려고 점심시간에도 분석실에 들어갔고, 자주 뛰어다녔고, 손을 부지런하게 놀려댔다.

중요한 건, 힘들긴 했어도 그 일이 좋았다는 거다. 우리 분석실은 동료들이 고개를 절레절레 저으며 기피하는 곳이었다. 그럴 만한 이유는 충분했다. 일은 빠르면서도 꼼꼼하게 처리해야 했고, 동시에 험한 일이었고, 사수의 눈치도 많이 봐야 했으니. 하지만 극한의 상황을 견디고 온 나에게 이 정도의 환경은 감사한 수준이었다.

열심히 하면 성과가 나타난다는 점에서 나의 가치관과도 잘 들어맞았다. 두껍게 쌓인 '분석 완료' 용지들을 보고 있으면, 별거 아닌데도 뿌듯해지면서 힘이 났다. 까다롭기로 유명한 사수에게 인정받았다는 사실도 동기 부여가 많이 되었다. 의뢰인들과 소통하며 분석에 대한 나의 의견을 전하는 일도, 컴퓨터 업무와 육체적 노동이 적절히 섞여 있다는 것도 좋았다. 감당할 수 있을 만큼의 스트레스와 견딜 만한 화학 환경 속에서 건강이 조금씩 나아져 가는 걸 느꼈다.

이제야 잘 맞는 일을 찾았는데. 이 정도라면 제법, 아니 정말로 괜찮은 타협점인데. 하지만 다른 분석자들의 서너 배가 되는 성과를 남기고도 계약직은 그저 계약직일 뿐이었다. 계약 만료 날짜가 다가올수록 책상 위에 쌓여있는 샘플들이 꼴 보기 싫어졌다. 허탈했다. 2년 뒤면 모두 끝나버릴 운명인 걸 알고 입사했음에도, 인간의 마음은 간사하기 짝이 없어서, 열정을 다 쏟아버리고 나니 뒤늦게야 억울함이 치솟았다.

나의 사수였던 과장님은 다시 계약할 수 있을 방법을 찾아보겠다며 몇 개월에 걸쳐 학교에 건의했다. 그 일에 꽤 많은 공을 들이면서도 나에게는 내색을 잘 안 하셨다. 희망의 불씨를 건네주었다가 괜히 내 마음에 화상만 입힐까 봐. 그런 와중에도 "총무팀과 어떤 회의를 열었고, 몇 가지 방면으로 가능성이 있고, 그중에서 어떤 건 어렵게 되었고…" 하는 정보들을 풍문으로 간간이 듣게 되었다.

차라리 희망이 없었더라면, 일찍 포기해 버렸다면 덜 힘들었을까. 거의 반 년 동안 희망과 불안이 엉켜있는 넝쿨 속을 헤쳐 나가느라 나는 만신창이가 되었다. 될 듯 말 듯 결론이 나지 않는 나날들이 자꾸만 길어졌고, 그 상태로 퇴사일은 다가왔다. 이제 후임자 채용 공고를 올려야 하는데 과장님은 끝까지 해보겠다는 심산으로 공고조차 올리지 않았다. 퇴사를 몇 주 앞둔 어느 날 나는 오랜 고민 끝에 과장님께 말씀드렸다.

"과장님이 많이 애써주신 거 알아요. 그것만으로도 저는 충분히 감사하고 죄송해요. 이제 이쯤에서 그만하는 게 좋을 것 같아요. 애매한 이 상황이 우리 모두를 너무 힘들게 하고 있어요. 저는 퇴사할 테니 얼른 후임자 구하세요. 후임자 오면 인수인계 열심히 할게요."

어차피 퇴사를 당해야 하는 운명인데, 퇴사하겠다는 결심을 고하는 그 상황이 이상하고도 슬펐다. 과장님은 죄인이라도 된 듯한 표정으로 한숨만 푹푹 쉬었다. 그리고 며칠 뒤 나를 다시 불러 말씀하셨다.

"선생님, 마지막 남은 희망 하나가 있는데 그게 잘 된다면 3개월 뒤에 다시 돌아올 수도 있어요. 그동안 다른 데 구직해 봐도 괜찮아요. 하지만 여기도 일단 끝까지 해보는 게 어떨까."

공동기기원 담당 교수님까지도 과장님과 함께 끝까지 싸워주신다고 했다. 날 위해 노력해 주시는 것만으로도, 3개월을 공석으로 비워주시는 것만으로도 그간의 억울함은 누그러들었다. 난 기다리겠다고 답했다. 이미 지쳐서 다 놓아버리고 싶었지만 구질구질하게도 미련을 버릴 수 없었다. 나도 모르게 자꾸만 그곳에서 다시 일하게 될 날을 상상하게 됐다. 퇴사 후에도 한 번씩 분석실에 가서 일을 도왔다. 분석실 공기만 맡아도 고향에 온 것처럼 편안한 기분이 들었다. 그곳이 진짜 나의 자리인 것만 같았다.

훗날, 그 시절을 모티브로 소설을 쓴 적이 있다. 나의 모습을 그대로 투영해 놓은 듯한 주인공이 좀처럼 인생의 갈피를 잡지 못하고 헤매는 바람에, 결국 미완성 상태로 묻어두게 되었지만. 그 소설 속에서 주인공은 자신의 동생에게 이렇게 말한다.

“제이야. 희망이라는 게 사람을 얼마나 높은 곳까지 올려놓는지 아니? 희망이 아예 없는 것보다야 낫다고들 하지만 내 생각은 달라. 아주 큰 날개를 가진 새 위에 올라타는 거야. 새가 빠르게 날갯짓을 하다 보면 금방이라도 구름에 닿을 것만 같아. 이제 좀 바람을 만끽해 볼까, 할 때쯤 꼭 추락해버려. 바닥에 곤두박질쳐서 상처투성이가 되어도 금방 일어나서 다시금 새를 찾지. 구름이 있는 높은 고도까지 금방 올라갈 수 있다고 믿으니까. 그렇게 매번 코앞까지 갔다가 또 미끄러지고, 또 미끄러지고 그러는 거야. 결국 구름엔 가닿지도 못하고. 그 잔인한 희망이라는 게 너무 아팠어, 나는.”

어쩌면, 아주 어쩌면 나도 이제 평범한 직장인이 될 수 있을지도 모르겠다고 생각했다. 투덜거리고 짜증내면서도, 월요일이 오는 걸 싫어하면서도, 스트레스를 술로 풀면서도, 적어도 쓰러져 죽을까 봐 걱정하진 않아도 되는 보통의 직장인. 내가 원한 건 딱 그 정도일 뿐이었는데. 희망이 최고점에 달했다가, 결국 마지막 결재 라인에서 문제가 생겼다는 그 이야기를 들었을 때 나는 절망도 슬픔도 원망도 아닌 그 어디쯤의 감정 속으로 빠져들었다.

그건, 무기력이었다.

백수가 된 후 몸살을 앓았다

백수가 된 뒤 감기에 걸렸다. 지독한 몸살까지 동반되어 찾아왔다. 이게 얼마만의 몸살감기인지. 귀에 이명처럼 들려오는 삐- 소리에 골이 흔들리는 듯했다. 세상이 눈앞에서 팽글팽글 돌아가고, 식은땀이 흘렀다가 오한이 나서 추워졌다가를 반복했다. 결국 온종일 아무것도 하지 못하고 침대와 한 몸이 되었다. 가만히 누워 온몸으로 아픔을 느끼던 차에, 문득 내가 백수라서 다행(?)이라는 생각이 들었다. 지금 일을 하고 있었다면 이 몸을 끌고 출근을 했겠지? 얼굴을 베개에 묻은 채 엎어져서는 일터에서의 내 모습을 떠올렸다.

직장에 다닐 때, 감기에 걸린 동료 한 명이 내게 물은 적이 있다.

"온정 씨는 완전히 건강 체질 같아요. 평소에 잘 안 아프죠? 어휴, 저는 잔병치레가 많아서 너무 힘들어요."

그 말을 듣는 순간 조금 울컥했다. 나도 그리 강하지 않은 사람인데. 아니, 사실 부스러질 듯 약한 존재인데. 세상엔 약한 사람과 강한 사람이 있다. 약하지만 강한 척하는 사람이 있고 강하지만 약한 척하는 사람도 있다. 난 직장에서만큼은 약한 모습을 보이지 않기 위해 안간힘을 쓰는 부류였다. 입을 열어 나약한 언어를 구사하는 순간, 간신히 쌓아둔 단단함이 와르르 무너져버릴까 봐 입을 꾹 다물고 다니는 사람. 그래서인지 모두들 나를 씩씩하다고만 생각했다.

"음… 전 근무 시간에는 긴장하고 있어서 잘 안 아픈 것 같아요. 주로 주말이나 쉴 때 아픈 게 몰려오는 편이에요."

아픈 사람 앞에서 할 소리는 아니었던 것 같은데. 나 너무 재수 없었나. 소심하게 혼자 되새기며 조금 후회했다. 마치 동료에게 "당신은 긴장을 안 해서 지금 아픈 거예요."라고 말한 것만 같아서.

그런데 백수가 되어 아프고 나니, 그게 재수 없는 말이 아니라 정말 사실이었을 뿐임을 다시 한 번 깨달았다. 누울 자리 봐 가면서 발 뻗는다고. 온몸을 정신력으로 무장했으니 아파도 아픈 줄 모르고 지냈던 것 같다. 일을 다니고 있었다면 이렇게나 맘껏 몸져누울 수 있었을까. 온전히 이 아픔을 느낄 수 있었을까. 감기로 세상이 빙글빙글 돌아가도 눈꺼풀에 힘을 주고 일했을 나였다. 아마 내 몸을 침투한 감기 바이러스에게 입이 있다면 자기들끼리 이런 대화를 하지 않았을까, 싶다.

"이 친구 지금은 좀 아파도 돼. 우리가 쳐들어가서 온종일 눕혀놓자. 평소에 얼마나 철벽을 높게 쳐두고 치밀하게 굴던지, 절대 못 들어가게 했잖아. 지금이 기회야!"

어쩐지 퇴사를 앞두고 남은 연차를 하루씩 쓰는 날이면 나답지 않게 계속해서 잠이 쏟아졌더랬다. 늦은 시간에야 겨우 눈을 떴고, 밥을 먹고 나면 어김없이 눈꺼풀이 무거워졌다. 부지런히 일하던 모습과 대비되어 나 자신이 한심해 보이기도 했다. 왜 이렇게까지 무기력해지는 걸까. 나의 상태를 이해해 보려 애썼지만, 그와 별개로 몸은 고장 난 로봇처럼 삐그덕 거렸다. 아마 그동안의 긴장이 슬슬 풀리는 과정이었던 것 같다.

그러니, 가만히 누워 아픔을 느낄 수 있는 그 시간마저 감사히 여겨야겠다고 생각했다. 혹시 쉬는 동안 자주 아프더라도 속상해하지 말자고 다짐했다. 마음껏 아픈 것, 그 또한 백수로서 누릴 수 있는 작은 사치일 테니까.

두 번째 직장이었던 공동기기원을 나온 뒤로 1년 동안 직장 생활을 하지 않았다. 이런 기간을 보통 '공백기'라고들 할 테지만 나의 경우 공백기라고 표현하기에는 좀 억울하다. 백수가 과로사 한다더니 그때의 내가 딱 그 꼴이었다. 애쓰다가 아프다가. 치열하게 살다가 몸살을 앓다가. 1년을 쭉 그런 식으로 정신없이 보냈다.

시간이 없어서 미뤄왔던 라섹 수술을 했고, 수술 후 눈을 제대로 뜨지 못하는 며칠 동안에도 어둠 속에서 종이 위에 글을 썼다. 무슨 한석봉도 아니고. 그런 나를 보며 남편은 '글모바'라는 별명을 붙여주었다. '글쓰기밖에 모르는 바보'라는 뜻이었다. 글쓰기는 직장 생활과 병행할 수 있다고 늘 생각해 왔지만, 몰입의 깊이가 그 정도로 크게 차이 날 줄은 몰랐다. 자려고 누웠다가도 다시 몸을 일으켜서 글을 쓰고, 아침에 눈을 뜨면 글을 쓰고, 밥을 먹다 말고도 메모장을 켰다. 퇴사 전부터 써왔던 '미서부 신혼여행기' 원고를 완성해서 수백 개의 출판사에 투고했다. 그리고 꿈에 그리던 출간 계약에 성공했다.

그간 해보고 싶었던 영상 편집에도 도전했다. 편집 프로그램을 구독한 뒤 유튜브 강의를 찾아보며 독학을 했다. 몇 달 만에 편집 실력이 꽤 늘었고, 곧이어 의뢰를 받아서 돈을 벌 수 있게 되었다. 나 이제 프리랜서가 된 거야? 정말 화학 말고 다른 걸로도 밥 벌어먹을 수 있단 말이야? 희망에 가득 찼다. 들뜨고 신이 났다. 하지만 주말도 낮도 밤도 없이 편집을 했는데, 막상 한 달 수익금을 정산해 보니 터무니없이 적었다. 글쓰기도, 영상 편집도 어찌나 내 적성에 잘 맞던지. 그런데 하필, 내 적성에 맞는 건 왜 전부 돈과는 거리가 먼 것인지! 성취감과 자존감이 상승 곡선을 타려다 말고 자꾸 한자리에 머물렀다. 새로운 걸 해보기에 1년은 짧았고 마음은 불안했다.

이렇게 새로운 일들을 기웃거리다가도 가끔은 경력을 살려 구직 활동을 했다. '딱 1년 동안만 내가 하고 싶은 것들을 열심히 해보자. 그러고도 답이 안 나오면 다시 구직 준비를 하자.' 공동기기원을 나온 뒤로 나는 그렇게 마음먹었었다. 실적이 좋았기에 바로 이직 준비를 하는 게 유리했지만 그러지 못했다. 연이은 직장 문제 때문이었는지 나에겐 공황장애가 찾아왔고, 정신건강의학과에서는 치료에 최소 1년이 걸린다고 했다. 그런 상태에서 바로 직장 생활을 할 자신이 없었다.

하지만 그 와중에도 대기업이라면, 처우가 좋은 회사에 간다면 괜찮지 않을까 생각하여 이따금 이력서를 넣었다. 그러다 평소 가고 싶어 했던 외국계 화학 회사에서 면접 제의를 받았다. 면접에 합격한 뒤, 인생 처음으로 석사다운 연봉까지 수락 받고, 취직을 코앞에 둔 그 중요한 타이밍에, 코로나19가 전 세계로 극심하게 퍼졌다.

"이거 죄송해서 어떡하죠. 에휴… 정말 뭐라고 말씀드려야 할 지 모르겠네요. 죄송합니다."

유럽 본사에서 티오를 줄이라는 지시를 내렸다고 했다. 나의 채용은 '보류'라는 탈을 쓴 채 취소되었다. 대학생 때부터 판교로 출퇴근하는 환상을 가지고 있었는데. 이미 어떤 모습으로 어떻게 회사에 다닐지 머릿속에 온통 다 그려놓았는데. 김칫국을 냄비째로 다 마셔버렸는데. 기회는 또 다시 손에 쥔 공기처럼 날아갔다. 잘 살고 있던 사람을 이렇게까지 흔들어놓고. 왜, 도대체 왜…

털어내려 했지만 이미 붕 떠버린 마음은 잘 가라앉지 않았다. 슬플 새도 없이 영상 편집 의뢰가 밀려 들어와서 밤을 새우며 일해야 했다. 살이 쭉쭉 빠졌다. 거울 속 내 모습이 볼품없다고 느껴질 정도였다. 마음이 조급해졌다. 어디든 좋으니 그냥 다시 직장에 들어가야 할 것만 같았다. 여전히 두려우면서도.

그렇게 두 번째 퇴사 후 1년이 다 되어갈 때쯤이었다. 어느 날 아침, 잠에서 깨자마자 갑자기 무엇에 홀린 듯 B 대학교 홈페이지에 들어갔다. 졸린 눈으로 눈곱도 안 뗀 채로 채용 공고 게시판을 눌렀다. 신기하게도 공동기기원 전자현미경 분석실의 채용 공고가 올라와 있었다. 이건 운명이야. 말도 안 되는 의미를 부여하고는 과장님께 연락을 드렸다.

"과장님, 저 일하고 싶어요. 전자현미경에 대해서는 전혀 모르는데, 그래도 준비 잘해서 지원해 볼까 봐요."

"선생님, 여기 전자현미경실 엄청 힘든 자리인 거 잘 알잖아. 그래도 괜찮겠어?"

"겁나죠. 무서워요. 그런데, 아무리 그래도 열물성 분석실보다는 덜 힘들지 않을까요?"

"그건 그렇지. 그럼 일단 지원은 해봐요."

B 대학교는 퇴사 후 만 1년이 지나면 계약직으로 다시 입사할 수 있었다. 현미경에 대해 열심히 공부해서 면접을 본 뒤 합격 통보를 받았다. 그렇게 덜컥, 공동기기원에 신입으로 다시 들어가게 되었다. 세 번째 신입이라니. 게다가 돌고 돌아서 또 계약직이라니. 새로운 길로부터 도망치고 어정쩡한 현실과 타협해버렸다는 사실에 착잡해졌다. 그러나

전자현미경 역시 나에게는 새로운 도전이었으니 그걸 위안 삼기로 했다. 어차피 이제는 더 이상 잃을 게 없다고 생각했다.

그런 의미에서 나는 재취업이 기쁘지도, 또 싫지도 않았다.

세 번째, 네 번째 퇴사 : 방황하기 좋은 나이

딩댕딩동.

기상을 재촉하는 알람 소리가 울려 퍼졌다. 한창 겨울이라 그런지 일곱 시인데도 여전히 방 안이 캄캄했다. 알람을 끄기 위해 비몽사몽으로 휴대폰을 집어 들고, 화면을 확인하는 순간 화들짝 놀랐다. 과장님으로부터 걸려 온 부재중 전화 두 통. 새벽에 전화 올 일이 대체 뭐가 있지? 불길해졌다. 벌떡 일어나서는 문자를 확인했다.

새벽 한 시에 온 문자,

- 건물 지하에 누수가 발생했다고 합니다. 전자현미경실도 물에 잠긴 듯해요.

그리고 새벽 세 시쯤 다시 온 문자,

- 물이 발목까지 찼었어요. 물은 겨우 빼냈지만 장비 본체의 전원이 나갔습니다.

휴대폰을 무음으로 해두어서 전화가 온 줄도 모르고 잤다. 어쩐지 밤새 악몽을 꾸더라니. 대충 옷만 주워 입은 채 학교로 급히 달려갔다. 내가 담당하고 있던 TEMTransmission Electron Microscope이라는 투과전자현미경은 몹시 비싸고도 까다로운 녀석이었다. 공동기기원에 들인지도 벌써 15년이 지난 할아버지 장비라, 일주일에 기본적으로 두 번씩은 고장이 났다. 그래서 매일같이 어르고 달래고 고쳐가며 애지중지 쓰고 있었는데. 이게 대체 무슨 물벼락이란 말이더냐.

전자현미경실은 늘 건조한 상태를 유지하도록 관리하는데, 그날은 문을 여니 습한 공기가 얼굴에 훅 와닿았다. 순간 온몸의 신경들이 머리 꼭대기까지 타고 올라가는 기분이 들었다. TEM 본체는 테이블 위에 설치되어 있지만, 그에 연결된 수많은 부속 장비와 전선들은 전부 바닥에 놓여

있었다. 그 모든 게 물에 잠겼던 것이다.

난 얼굴이 허옇게 질려서는 마우스와 키보드를 부숴버릴 기세로 두드려댔다. 모니터는 깊은 겨울잠에 빠져든 곰처럼 응답이 없었다. 초조함에 발을 동동거리며 아홉 시가 되길 기다렸다가 장비 업체에 전화를 걸었다.

"책임님, 큰일 났어요. 최대한 빨리 와주세요. 부탁드릴게요. 네?"

B 대학교 공동기기원으로 재입사한 지 세 달만의 일이었다.

공동기기원에 다시 들어온 뒤 처음으로 TEM실 문을 열었을 때가 떠올랐다. 거의 천장 높이까지 솟아있는 현미경, 각종 펌프에서 나오는 요란한 소음들, 실 전반에 퍼져있는 매캐한 냄새, 들어오는 빛들일랑 모두 차단하고 있는 블라인드, 차갑고 건조한 공기… 나는 그 분위기에 완전히 압도당했었다.

TEM은 물체를 확대한다는 단순한 현미경의 개념을 넘어서, 분석할 수 있는 요소들이 끝도 없이 다양하다. TEM 분석을 전공으로 박사 학위를 취득하는 사람들도 꽤 있을 정도다. 현미경이라고는 의뢰조차 해본 적 없는 내가 이렇게 난해한 장비를 맡게 되다니. 전임자는 이미 퇴사한 상태였고 나는 인수인계를 제대로 받지 못했다. 이 비싼 걸 만지다가 고장이라도 내면 어쩌지, 싶어서 처음에는 장비에 손만 갖다 대도 심장이 쿵쾅거렸다.

전공 교과서로 쓰이는 두꺼운 책을 사서 밑줄을 치고 포스트잇을 붙여가며 공부했다. 관련 논문들을 검색하고, 심지어 유튜브 영상들까지 찾아서 따라 해보며 사용법을 익혔다(무려 TEM 튜토리얼을 유튜브에 올려준 미국의 연구원 '니콜라스'에게 이 지면을 빌려 감사의 말씀을 전한다. 나의 진정한 은인이시다). 매일 공부하고 연습하는 과정에서 조금씩 장비에 익숙해졌다. 화학은 눈에 보이지 않는 학문이라고만 생각해 왔는데, 나노 크기의 입자를 떡하니 눈으로 관찰하고 있자니 마치 새로운 세상을 체험하는 듯한 기분이 들었다.

입사 후 한 달이 지나자 공식적으로 분석 의뢰를 받았다. 과장님이 경고했던 대로 쉽지 않은 일이었다. 툭하면 고장

나는 장비를 수습하는 일이 주요 업무라고 해도 무방했다. 매일 30분 일찍 출근해서 장비의 생사를 확인하고, 모든 체크리스트에 동그라미를 친 뒤에야 가슴을 쓸어내리며 하루를 시작할 수 있었다. 문제가 생기면 분석을 예약해둔 의뢰인들에게 연락을 돌렸다. 송구하게도 TEM이 또 말썽이라고. 고치는 대로 다시 연락을 드리겠노라고. 이런 일로 통화 버튼을 누르는 게 가장 큰 스트레스였다.

그렇지만 나는 역시 새로운 걸 배워 나가는 게, 또 일하는 게 재미있었다. 다시 살이 오르는 걸 보며 참말로 나는 직장인 체질인가보다 생각했다. 두 달 정도 일하니 그제야 장비를 만지는 게 덜 무서워졌고, 자주 들어오는 샘플은 조금 편안한 마음으로 측정할 수도 있게 되었다. 계약직에 대한 걱정이 가끔 나를 괴롭혔지만, 미리부터 걱정하지 않으려 노력했다. 2년 동안 열심히 하다 보면 또 다른 길이 생길 거라고.

그런데 하필 그즈음에 물난리가 난 것이었다. 엔지니어가 방문해서는 적어도 한 달 이상 장비를 켜지 않는 게 좋겠다고 했다. 급하게 수습하려다 더 큰 문제가 생길 수도 있으니

차근차근 복구해야 한다면서 말이다. 한 달 동안 물기를 말려야 그나마 '켜보기라도' 할 수 있을 듯했고, 그다음 이야기는 아무도 예측할 수 없었다. 워낙 노후한 장비인데 과연 켜지기나 할지. 켜진다 해도 수리가 가능할지. 수리하는 데 얼마나 큰 비용이 들고 얼마나 오랜 시간이 걸릴지.

졸지에 출근하는 백수가 되어버렸다. 일이 넘쳐흘러서 상대적 박탈감을 느낀 적은 꽤 많았는데, 그 반대의 경우는 처음인지라 나는 이 상황이 몹시 당황스러웠다. 내 이야기를 들은 지인들은 놀면서 돈 버니 좋은 거 아니냐고 했다. 그럴 리가. 돈을 받는데 일을 안 한다니, 내 입장에선 견디기 어려운 일이었다. 계약 만료까지 일 년이 넘게 남았음에도 나의 입지는 벌써 위태로워 보였다. 얼마 남지 않은 듯한 저 장비의 수명, 그게 바로 분석자의 수명과 일치하는 거 아닌가? 그런 생각을 하다 보면 이전의 계약 트라우마가 계속 되살아났다.

"과장님. 혹시 TEM이 다시 안 켜지면 어쩌죠? 저 짤리는 건가요?"

"에이, 설마."

내가 장난인 척 내뱉은 말에는 호두과자 속의 팥 앙금만큼 밀도 높은 진심이 들어있었다. 장비가 안 켜진다면 여기서 날 필요로 할 이유가 없었으니까. 바닥이 유리로 이루어진 스카이워크를 걷고 있는 기분이었다. 옆에서 아무리 안전하다고 말해주어도 위험해 보이는 길. 나도 모르게 다리가 파들파들 떨리는 곳. 의뢰인의 발길이 끊긴 우중충한 분석실에 혼자 처박혀 지내며 수많은 생각을 했다. 불안한 생각이 주를 이루었지만 이 상황을 받아들이려 애썼다. 내가 걷고 있는 길이 유리길인들, 깨지지 않을 거라고 믿어야지 뭐 어쩌겠냐며.

길고 긴 시간이 지난 뒤 엔지니어가 다시 방문했다. 그간 펼쳤던 상상의 나래가 무색할 정도로 복구 작업은 무사히 이루어졌다. 한 달 반 만에 정상적으로 업무를 시작했다. 다행이라 여겼지만 역시 이곳은 임시방편밖에 되지 않는다는 걸, 내가 딛고 있는 이 유리길이 언제 깨져버려도 이상하지 않다는 걸 자꾸만 되새기게 되었다.

불안정한 직장에 넌더리가 나버린 타이밍에 한 선배로부

터 일자리를 제안 받았다. 지인의 지인이 사람을 구한다고 했다. 처음 화학 일을 못 하게 됐을 때부터 고려해왔던, 연구 과제 관리 행정직이었다. 어떤 자리인지 알아나 보자는 생각으로 C 대학교의 교수님 두 분과 화상으로 미팅을 했다. 월급은 공동기기원보다 조금 더 낮지만 성실하게 해준다면 인센티브를 주실 예정이고, 무기 계약이 가능하며, 단순 업무의 연속이라 일도 아주 편할 거라고 하셨다.

어려운 갈림길에 놓여졌다. 장단점이 뚜렷한 기회였고, 흔들릴 수밖에 없는 제안이었다. 엄밀히 따지면 관련 분야이긴 했으나, 돈 관리나 서류 업무를 해야 했으니 완전히 새로운 일이었다. 잠을 설쳐가며 골똘히 고민하고 주변에도 조언을 많이 구했다.

당시 나는 2년 뒤에 쫓겨나는 것만 아니면 뭐든 괜찮다고 생각했을 정도로 계약직에 두려움을 느끼고 있었다. 다른 걸 다 떠나서 '오랫동안 함께 할 사람을 찾고 있다'는 교수님의 말씀에 결국 이직으로 마음이 기울었다. 제발 한곳에 정착하여 길게 일하고 싶었다. 앞으로 10년 동안 직장 생활을 하며 글쓰기를 병행하고, 10년 뒤에는 전업 작가가 되는 것이 나의 꿈이었으니까. 어쩌면 이 선택이 나의 삼십 대를 보장해 줄 수도 있겠다고 판단했다.

공동기기원의 과장님께 나의 사정을 솔직하게 말씀드렸다. 죄송스러워서 고개조차 들지 못하는 나를 과장님은 오히려 다독여주셨다. 괜찮다고. 여기가 이 모양이라서, 더 나은 조건으로 나를 잡을 수 없어서 오히려 미안하다고 하셨다. 같은 직장을 두 번이나 떠나게 된 내 마음은 무거웠다. 한 번은 타의였고 한 번은 자의였으나 결국은 둘 다 그놈의 고용 불안정 때문이었다.

네 번째 직장이 될 C 대학교로의 이직은 이상하리만큼 빠르게 진행되었다. 그런데 공동기기원에 사직서를 내고, C 대학교 채용 관련 서류를 준비하는 시작점에서부터 여러 가지 문제가 생겼다. 일단 처음 이야기했던 조건과 상당 부분이 달랐다. 알고 보니 무기 계약도 아니었을뿐더러, 월급은 조금 더 낮은 게 아니라 훨씬 더 낮았다. 잘못된 선택을 했다는 후회가 밀려왔지만 이미 늦은 뒤였다. 더 꼼꼼하게 확인하지 못한 나의 잘못도 있으니 그 선택에 책임을 지기로 했다.

그러나 입사하고 난 뒤에도 문제는 계속해서 불어났다. 업무량이 많은 건 둘째 치고, 나의 급여 문제는 꼬리를 물고 또 물다가 첫 달에 최저 시급에도 한참 미치지 못하는 월급을 받기에 이르렀다. 내가 입사하기도 전에 타인이 작성한 채용 서류가 문제의 시작이었다.

교수님은 이 상황을 마치 내 잘못인 것처럼 몰아갔다. 왜 멀쩡한 걸 들쑤시고 다니면서 문제를 만드냐고 했다. 영문도 모른 채 이상한 사람 취급을 받던 나는, 혹여나 내가 정말 틀린 걸까 봐 두려워졌다. 내가 할 수 있는 건 이 억울함을 풀고자 문제의 원인을 치열하게 찾는 일뿐이었다. 알아보니 그해부터 법이 바뀌었단다. 그걸 그는 몰랐고 나는 알았기에 생긴 문제였다. 사실을 말했지만, 그래도 그는 믿지 않으며 나와 다른 직원을 타박했다. 나는 더 확실한 증거들을 보고했고, 그 증거들을 본 그는 결국 할 말이 없어진 듯했다. 하지만 끝까지 사과조차 하지 않았다. 제대로 해결해주려 하지도 않고 어떻게든 법적인 문제만 피해 가려고 했다. 그래 놓고도 자신은 한 번도 화를 낸 적이 없는 사람인 양, 나를 위해준 것처럼 행동했다.

앞으로의 날들이 훤히 그려졌다. 말도 안 되는 급여를 받으면서도, 내가 한 일이든 아니든 모든 일이 내 탓이 될 것이었다. 나도 미련하기로는 그 어디에서도 지지 않을 인간이라, 그래도 어떻게든 남아서 버텨보려 했다.

하지만 이제는 남편이 그냥 두고 보지 않았다. 남편은 연애할 적부터 나의 직장 생활의 역사를 모두 함께해왔다. 매번 절벽 너머 판판한 곳으로 올라가 보겠다며 아등바등하다가, 이내 낙하하고 상처 입는 나의 모습을 지켜봐 왔다. 제발 이번만큼은 내가 더 망가지기 전에 빠져나오면 안 되겠냐고, 그는 나의 두 손을 꼭 맞잡고 당부했다.

교수님 역시 상황이 너무 많이 꼬여버렸음을 마지못해 인정했다. 처음 채용하는 자리라 이래저래 착오가 생긴 것 같다고. 남아준다면 정말 고맙겠지만, 내가 그만둔다 해도 어쩔 수 없다며 먼저 말을 꺼내셨다. 결국 나는 상황이 더 악화되기 전에 그곳을 떠나기로 했다. 대학원을 졸업한 뒤로 무려 네 번째 퇴사였다.

다시 한 번 절벽 아래로 떨어져 허탈한 표정을 짓고 있는 나 자신을 보았다. 아, 나 또 방황하고 앉아 있네, 생각했다. 낫기도 전에 덧난 상처가 아팠고, 포기했다는 사실이 부끄러웠고, 어렵게 택한 길이 완전히 어긋났음에 원통했다. 저기요, 인생 씨. 저도 제발 안정이라는 품 안에서 따숩게 살아보고 싶어요. 대체 이게 뭡니까. 어디에라도 따지고 싶었지만 그럴 수 없었다. 서툰 나의 선택이었고, 결과가 어떻게 되었든 나의 몫이었다.

매사에 늘 최선을 다했다. 그것이 내가 앞으로 나아갈 수 있는 최선의 방법이라 믿었다. 매일 절벽 아래로 추락해 죽음 목전까지 갔다가 간신히 기어 올라오고 나서도, 나는 꿋꿋하게 그다음 날을 준비했다. 대학원을 졸업하고 A 회사를 지나 B 대학교를 두 번 건너서, 오래 다니자고 마음먹었던 C 대학교를 한 달 만에 나오기까지. 항상 마지막 순간까지도 책임을 다하려 노력했다. 그럼에도 나는 또다시 안전지대 밖으로 던져졌다. 마치 온 우주의 자기장이 내가 직장생활을 하지 못하도록 자꾸만 밖으로 밀어내는 것만 같다.

낭랑 삼십삼 세, 한창 삼십춘기 진행 중. 앞으로도 계속해서 진행될 예정. 그러나 깨지고 아프더라도 나는 늘 최선을 다하고 진심을 다할 것이다. 내 손을 거쳐 가는 모든 일들에.

Chapter 2

나와 나의 케미스트리

쓸모 있는 인간

우리는 쓸모 있는 인간으로 살아가기 위해, 매 순간 얼마나 노력하는가.

학생 때는 공부를 잘해야 나 자신이 쓸모 있는 인간처럼 여겨졌다. 공부를 하지 않는 나는 쓸모없는 인간임에 틀림없었다. 졸업하고 나니, 돈을 벌어야만 나 자신이 쓸모 있는 인간처럼 여겨졌다. 그래서 졸업 후 취직이 안 되던 몇 달 동안 나는 쓸모없는 인간이 된 기분이었다. 취직 후 돈을 버니 비로소 쓸모 있는 인간이 된 듯했지만, 그 생활이 너무 고달픈 나머지 쓸 수 없는 인간이 될 지경에 다다랐다.

퇴사를 할 때면 나는 쓸모 있는 인간에서 다시 쓸모없는 인간으로, 그와 동시에 쓸 수 없는 인간에서 쓸 수 있는 인간으로 바뀌었다. 첫 번째 퇴사는 무엇을 느낄 새도 없이 이직으로 끝이 났지만, 두 번째 퇴사 후엔 그나마 쓸 수 있으면서도 쓸모 있는 인간으로 거듭나기 위해 노력했다. 하루하루 생산적인 일들을 하기 위해 애썼다. 그리고 퇴사 후 3개월이 되었을 무렵, 나는 다시 나 자신에게 물었다.

"그래서, 지금 넌 쓸모 있는 인간이니?"
"글쎄…"

다시 원점이다.

이때까지 3개월 이상 쉬어본 기억이 없었다. 하물며 가장 길었던 초등학교 겨울방학조차도 3개월보단 짧았다. 3개월 넘게 하고 싶은 일만 해본 적도 없었다. 대학생 시절 겨우 한 학기 동안 휴학했을 때도, 나는 강남역 부근에서 김밥 한 줄이나 샌드위치 등으로 허겁지겁 점심을 때우며 온종일 영어 공부를 했더랬다. 그랬던 내가 3개월 이상을 쉬고 있었다. 글을 쓰고, 영상 편집을 배우고, 내가 하고 싶은 것들을 좇으면서 말이다. 쓸모가 있고 없고를 떠나서 하고 싶은 일에만 집중해 본 건 난생처음이었던 셈이다.

분명 잘 해 나가고 있다고 생각했는데, 3개월가량을 지내고 나니 또다시 나의 쓸모를 찾게 되었다. 그것도 꼭 '돈'이라는 잣대에만 나를 속박시키며. 자꾸만 나 자신을 쓸모없는 사람으로 만들어버렸다.

안타깝게도 '쓸모없다'라는 생각에는 강한 중독성이 있다. 한 번 시작하면 끊임없이 그 속을 파고들고, 어둠 속을 탐하다가 깊이 가라앉고 만다. 그 무기력의 바다로 빠져들지 않기 위해 나는 두 팔을 힘껏 저으며 허우적허우적 헤엄쳐나갔다. '아니야. 난 쓸모없는 사람이 아니야…!' 머리를 도리도리 세차게 저어도 보고, 내가 쓸모 있는 이유를 노트에 적어보기도 하고, 샤워기 아래 얼굴을 치켜들고 쏟아지는 물줄기를 세게 맞아도 보고, 날 사랑해 주는 사람들의 얼굴을 떠올려보기도 하고.

꼴깍거리며 버둥대다 보면, 그래도 나의 쓸모는 결국 내 안에서 발견하곤 한다. 지금도 난 쓸모 있는 사람이 되기 위해 이렇게 글을 써 내려간다. '이 글의 마침표를 찍는 순간부터 나는 쓸 수 있는 사람인 거고, 또 동시에 쓸모 있는 사람이 되는 거야.'라고, 부정적인 감정을 달래본다.

"그래도 내 고민을 담은 글 한 편 썼으니, 이제 됐다. 난 쓸모 있는 사람이야. 당장 돈은 못 벌지언정…"

마음이 칠흑일 때. 어둠 속에서 깊이 가라앉아버려 눈앞에 아무것도 보이지 않을 때. 그럴 때 조금 더 차분하게 기다려보기. 그리고 차츰차츰 선명해지는 내 마음을 읽어보기. 이렇게 또 좌절의 한고비를 넘긴다.

면발도 불어 터지고 내 속도 터지고

몸살감기로 몸이 좋지 않았다. 저녁 시간은 훌쩍 지났는데 집에 먹을 게 없었다. 하는 수 없이 서랍 속에 남아있던 마지막 라면 한 봉지를 꺼냈다. 냄비 안에서 스프를 머금은 물이 바글바글 끓자 주황색 공기 방울이 퐁글퐁글 터졌다. 그 위로 네모난 면을 그대로 투척하고는 잘 잠기도록 꾹꾹 눌렀다.

그때 부동산 실장님으로부터 전화가 왔다. 휴대폰 화면에 뜬 그 이름이 달갑지 않았지만 어쩔 수 없이 전화를 받았다. 실장님은 여느 때처럼 "지금 집 보러 가도 되냐."고 물으셨다. 순간, 이미 끓여놓은 라면을 덮어두고 집 전체를 청소한 다음 그들을 맞이하고 다시 보낸 뒤에 면발이 다 불어 터져서 국물까지 졸아붙은 라면을 먹는 나 자신을 상상했다. 웬만하면 오셔도 된다고 대답하겠다만. 집 보여준다고 밥까지 못 먹어야 하나, 싶어 솔직하게 말씀드렸다. "이걸 어쩌죠. 제가 이제 막 밥을 차려서요…" 뒤이어 죄송하다는 말도 잊지 않았다.

그런데 몇 달째, 이 실장님은 내가 집을 못 보여드린다고 대답할 때마다 항상 말투가 싸늘해진다. 사정을 얘기했음에도 "그럼 손님한테 안 된다고 말해요?"라고 되물으며 나를 난감하게 만들기 일쑤다. "네… 지금은 어려울 것 같아요. 죄송합니다."라고 다시 답하니 실장님은 알겠다며 짜증스러운 말투로 전화를 끊어버리셨다.

아, 그때 내가 끓이던 라면 봉지에는 '2분 Okay'라고 적혀있었다. 전화를 끊고 나니 이미 조리가 끝나서 면이 모두 풀려있었다. 식탁 위에 냄비 받침을 올리고 그 위에 라면을 냄비째 올렸다. 김치를 꺼내고 앞접시와 수저도 놓았다. 그리곤 앞접시에 라면을 옮겨 담는데, 속에서 울컥, 했다. 마음이 불편했다. 이미 거절한 일이니 잊어버리면 될 것을. 애써 입에 넣은 라면 한 젓가락에서는 밀가루 반죽 맛이 났다. 질겅질겅 씹고 또 씹어도 좀처럼 나의 목구멍을 통과하지 못했다. 깨작거리던 젓가락질을 멈추고 라면 냄비를 바라보았다. 이미 뚝 떨어진 입맛을 돌려낼 방법은 없어 보였다. 결국 먹는 둥 마는 둥 하다가, 손님이 아직 계신다면 집 보러 오셔도 된다고 문자를 보냈다. 이런 바보.

남은 라면을 싱크대에 쏟아버리다가 한 달 전쯤을 떠올렸다. 시댁에 놀러 가 평화로운 주말을 보내고 있었는데, 그때도 실장님께서 똑같은 용건으로 전화를 거셨다. "제가 오늘은 밖에 나와 있어서요." 그날도 나는 죄송하다 덧붙였다. 그러자 실장님께서는 "아, 주말에 손님 많은데…"라고 투덜대면서, "그래서, 안된다고요?" 하고 다시 한 번 물으셨다. 그날은 전화를 끊은 뒤에도 자꾸만 그 가시 돋친 말투가 떠올랐다. 즐거운 하루를 전화 한 통으로 망쳐버려서 속상했던 기억이다.

생각하면 할수록 억울하네, 라며 꿍얼거리고 있는데 문자 답장이 왔다.

- 가셨고, 내일 7시 예약 가능한가요?

그렇게 하시라며 답장을 했다. 그리고 뚱뚱해진 라면 면발을 음식물 쓰레기통에 넣으며 혼자 분노했다.

“내가 대체 뭘 잘못했길래! 아무리 주인이 따로 있는 집이라지만, 난 여기서 라면 한 그릇도 편하게 못 먹나!”

이윽고 그녀를 향한 분노는 나 자신에 대한 답답함으로 이어졌다. 이 정도 거절도 이렇게 힘들어해서야, 이 정도 말투에 이렇게 마음이 쓰여서야. 이 험난한 세상 어떻게 살아갈래. 세월이 흘러도 변한 게 없다, 나는 참. 불어 터진 라면 면발처럼 내 속도 터지는구만.

남편이 퇴근 후 집에 들어와 물었다.
“오늘 하루 잘 지냈어? 별일 없었어?”
나는 대답했다.
“응. 별일 없었어. 정말 별일은 없었는데, 근데…”
소심하고 여린 마음을 가진 사람의 하루는 이렇게 지나간다. 별일 없지만 별일 있는 것처럼. 스쳐 지나갔지만 그 흔적을 좇으면서 말이다.

착한 청개구리가 살아가는 법

성인이 된 뒤로 나 자신에게 끊임없이 해온 질문이 있다. 나는 왜 그리 타인의 인정에 집착할까. 왜 스스로 인정하는 법을 모르는 걸까. 누군가가 알아주기 전까지 나의 노력이나 결과는 언제나 미완 상태였다. 숙제를 다 해두고서 누군가 채점해 주길 기다리고 있는 어린아이처럼, 칭찬이나 인정이 뒤따라야만 비로소 내가 해낸 걸 받아들이곤 했다. 난 여지없는 칭찬 중독자였다. 이십 대 중반쯤 되었을 때, 그 증세가 나의 앞길을 방해할 정도로 심각하다는 걸 깨달았다.

난 조금 이른 초등학생 시절에 질풍노도의 시기를 겪었다. 엄했던 부모님은 나의 인성이 삐뚤어지려는 기미가 보이면 회초리를 드셨다. 엄마는 원체 마음이 약한 사람이다. 다 커버린 나를 보면서도 줄곧 말씀하신다. 널 생각하기만 해도 살갗이 아리도록 아프다고. 내가 체해서 손을 따달라고 해도, 딸 손에 바늘만치의 흠집조차 힘겹게 내는 사람이다. 같은 사람인데 당시라고 뭐가 달랐을까. 난 회초리를 맞으며 은연중에 그 마음을 느꼈던 것 같다. '엄마가 나를 혼내고 있다.'라는 생각보다는, '엄마는 지금 그 누구보다 마음 아파하고 있다.'라는 생각.

게다가 부모님의 속을 썩이는 건 나뿐만이 아니었다. 커갈수록 자신만의 주관이 또렷해지는 오빠와, 그런 오빠와 갈등을 겪는 부모님의 모습을 지켜보며 나만큼은 그들이 원하는 모습으로 살아가야겠다고 생각했다. 그렇게 자연스레 철이 들었다.

중학생이 되면서는 본격적으로 공부에 매진하기 시작했다. 그런데 꼭 치열하게 공부했다는 티를 내야만 비로소 공부했다는 기분이 들었다. 교과서나 노트에 필기를 빽빽하게 해둔다든지, 부모님이 보시는 앞에서 집중을 가장 많이 한다든지, 펜을 오래 쥐어서 굳은살이 박였다고 자랑한다든지, 오늘은 도서관에서 몇 시간 동안 공부했고 얼마나 많은 양의 문제집을 풀었는지에 대해 구구절절 설명하고 나서야 안심이 되었다. 공부 머리는 영 없었는지 열심히 한 만큼 점수가 나오지 않자, 과정을 부각시키려고 안간힘을 쓰는 날은 점점 늘어났다.

시험 기간에도 컴퓨터를 하고 있는 오빠의 모습과 그에 상반되는 나의 모습을 최대한 대비시키며 칭찬을 얻어내려 애썼다. 그 와중에도 '나는 부모님이 바라는 대로 할 거야.'라는 생각과 '왜 나만 이런 부담감을 떠안아야 되지?' 하는 마음이 변덕스럽게 교차하곤 했다. 억울함이 부글부글 끓어오를 타이밍이 되면 부모님이 칭찬 얼음을 담뿍 던져주셨다. 그 효과는 제법 좋아서, 내 마음은 치이익 소리를 내며 다시 미지근한 상태로 돌아가곤 했다. 부모님의 낙은 나뿐일 거라는 엉뚱한 자긍심과 그에 따르는 책임감도 점차 커져만 갔다.

'착한 아이 콤플렉스'라고 불리는 이 증상은 나에게 조금

모순적인 모양으로 자리 잡게 되었다. 나는 부모님으로부터 공부하라는 흔하디흔한 잔소리도 듣지 않게 되었다. 정확히 얘기하자면, 나 자신이 부스러질 정도로 공부했기 때문에 부모님은 내게 잔소리를 할 수 없게 됐다. 오히려 부모님이 내 건강을 염려하며 "온정아, 공부 좀 적당히 해."라고 말씀하실 때까지, 난 꼭 그 지경까지 공부했다.

왠지 "공부해라."가 아닌, "공부하지 말아라." 같은 반대의 말들에 더욱더 솔깃했다. 난 심지어 "온정아, 빨래 좀 널어라." 같은 말조차도 싫어했다. 그래서 그 말을 듣기도 전에 서둘러 빨래를 널어놓곤 했다. 그러고 나면 "역시 온정이는 뭐든 알아서 척척 잘해." 칭찬을 받았다. 좋은 소리만 듣고 싫은 소리는 듣지 않기 위해 나는 점점 더 영악해져 갔다. 착한 아이의 얼굴을 복권 긁듯이 긁다 보면 그 안에는 반항심으로 울음주머니가 팽만해진 청개구리가 숨어있었다.

자연스레 나는 집 밖에서도 그런 아이가 되었다. 친구들에게도 사랑과 관심을 갈구했다. 그걸 하나씩 쟁취해나갈수록 미움받는 일이 더욱 두려워졌고, 속은 그렇지 않으면서도 겉으로는 착한 사람이 되고자 안간힘을 썼다. 학년이 끝날 때나 생일 때 롤링 페이퍼를 받아보면 온갖 '착하다'는 수식은 다 적혀있었다. 그런 말을 들으면 들을수록 나는 더 착한 사람이 되려고 노력했다. 작은 일에도 고맙다 하고, 미안하다는 말도 달고 살았다. 지금 돌이켜보면 내 잘못이 아닌데도 나는 늘 누군가에게 미안해하며 지냈다. 그 마음이 죄책감의 형태로 쌓이고 쌓여 지금의 내 마음을 형성했다.

나보다는 남에게로 향해있는 마음.
타인의 퍼즐 모양에 애써 맞춰져 있는 마음.

사회에 나와 보니 착한 사람은 만만한 사람을 뜻했고, 만만한 사람이란 괴롭히기 딱 좋은 사람을 의미했다. 나는 스스로를 인정할 줄 몰랐기에 타인이 마구 던져대는 돌을 방어하지 못했다. 더 괜찮은 사람이 되어 끝내 인정받는 것이 그 문제의 해결책이라고 믿었다.

하지만 내 가치관이 단단히 잘못 형성되어 있다는 걸 어느 순간 깨달았다. 인정받을 필요가 없는, 그럴 가치가 전혀 없는 사람에게까지도 나는 인정을 호소하고 있었으니까. 남들은 나를 인정해 주는데 왜 당신은 나를 인정해 주지 않는 거냐고, 얼토당토않은 원망을 하느라 나의 마음을 스스로 갉아먹었다.

모두가 나를 사랑할 의무는 없고, 그걸 바랄 필요도 없으며, 그렇게 되길 희망할수록 나만 힘들어진다는 걸 뒤늦게 알았다. 유익하지도 않은 관계를 어떻게든 끝까지 끌고 가보려고 바락바락 기를 쓰는 일이 무의미하다는 걸, 온갖 괴롭힘을 당해보고 나서야 깨달은 것이다. 그 후로 나는 '나쁜 사람이 되고야 말겠다.'고 이를 갈며 남은 이십 대를 보냈다. 그 덕에 내 마음은 어느 정도 나만의 퍼즐 모양을 갖추게 되었다.

지금껏 열심히 바꾸어보았지만, 그래도 난 여전히 착한 청개구리의 모습으로 이 세상에 존재한다. '역시 넌 성실하다니깐.', '너 그렇게 열심히 하다 쓰러지겠다야.' 따위의, 이상한 인정을 먹고 사는 청개구리. 오래도록 함께해온 이 기질이 쉬이 변할 거라 기대하진 않는다.

하지만 어떤 노력을 해야 벗어날 수 있는지 이제는 안다. 나의 감정을 최대한 솔직하게 표현할 것. 타인의 기준에 나를 맞추지 않을 것. 그리고 자기 자신을 사랑할 것. 내 안에서 들려오는 목소리에 귀를 기울여야만 스스로를 인정할 수 있다.

늘 갈피를 잡지 못하고 끌려 다니던 과거의 나에게 말해주고 싶다. 누군가 알아주지 않아도 충분히 잘하고 있다고. 너 자신만 너를 알아준다면 그걸로 된 거라고. 그렇게 꼭 도닥여주고 싶다.

못생긴 손가락

손가락에 콤플렉스가 있었다. 누군가 내게 손을 보여 달라고 할 때면 손바닥이 위쪽으로 가도록 해서 손등이 보이지 않게 내밀거나, 애매하게 손가락을 접어서 보여주곤 했다. 투박한 손가락을 최대한 숨기기 위해서였다. 어렸을 때부터 피아노 학원에 다니며 열심히 손가락을 늘려봤지만 짜리몽땅한 열 손가락은 도통 자라나질 않았다. 도에서 도까지 짚는 데 전력을 다했고, 기어코 성공해냈으나 딱 거기까지가 한계였다.

처음 기타 학원에 찾아갔을 때도 선생님은 내게 손을 펼쳐보라고 하더니 "쉽지 않겠군."이라고 중얼거리셨다. 직접 기타를 쳐보며 나의 새끼손가락은 여섯 개의 줄 중 세 번째 줄에조차 쉬이 닿을 수 없다는 현실을 받아들여야만 했다. 고등학교 친구 한 명은 나의 짧고 두꺼운 손가락을 보고 새우깡이라며 개구지게 놀려대기도 했더랬다.

액세서리 중에서도 반지는 끼고 다닌 적이 없었다. 이 손을 꾸미는 건, 딱 호박에 줄 긋는 격이라 생각했으니까. 하지만 결혼할 때 결혼반지라는 것을 맞추며 이 못난 손에도 작고 반짝거리는 무언가를 장착하게 되었다.

반지를 처음 손가락에 끼우던 그 순간에도 과연 내가 이걸 잘 끼고 다닐 수 있을지 확신이 없었다. 그러나 무부녀가 유부녀의 삶에 적응해가는 동안 자연스레 반지 생활에도 적응해갔다. 뭐든 시작이 가장 어렵다 하지 않았나. 반지를 낀 뒤로는 친구들의 영롱한 손톱이 눈에 들어오기 시작했다. 결혼식 때 네일 아트를 받아보니 기분이 제법 좋아지던데. 나도 기분 전환 겸 한 번 해볼까, 라고 잠시 생각했다가 관두었다.

나는 손을 꾸밀 수 없는 운명을 타고난 게 분명했다. 타고난 못생김도 모자라 화학 연구원의 손은 성할 날이 없었으니까. 시어머니께서 내 손을 어루만지시며, 어쩜 몇십 년 동안 농사일을 해온 나보다도 손이 거칠거칠하냐며 속상해하신 적도 있었다.

꾸미는 건 고사하고 휴대폰 지문 인식이라도 잘 된다면 더 바랄 게 없었다. 지문으로 잠금 화면 해제하는 건 이미 포기한 지 오래. 모바일 뱅킹을 켤 때마다 5회 이상 지문 인증에 실패하여 몇 번이고 재발급을 받아야만 했다. 첨단 기술 시대에 모바일로 송금 한 번 하는 것조차 나에겐 쉽지 않은 일이었다.

그랬던 나에게도 비로소 손을 꾸밀 수 있는 환경이 갖추어지게 되었으니, 바로 세 번째로 취직한 곳에서 현미경 분석을 맡으면서부터였다. 이전과 다르게 대부분의 업무를 장비와 컴퓨터만 이용하여 처리하게 됐다. 손목은 아플지언정 손톱이 갈리거나 지문이 뭉개질 일은 확연히 줄어든 것이다. 게다가 바로 옆 분석실에는 동료가 한 명 있었는데, 네일 아트가 취미인 그녀는 일주일에 한 번씩 꼬박꼬박 손톱 디자인을 바꾸었다. 늘 그래 왔듯 그녀의 반드러운 손톱을 만지작거리며 예쁘다고 이야기하다가, 이제는 나도 네일 아트를 할 수 있다는 사실을 새삼 깨달았다.

동료가 추천해 준 온라인 쇼핑몰에 들어가 보니 붙이는 젤 네일 세트가 알록달록 나열되어 있었다. 화려한 디자인은 영 남사스러울 것 같아서 차분한 가을 톤으로다가 하나 골라 보았다. 너무 비쌀까 봐 겁도 살짝 먹었었는데, 치킨 한 마리 값보다 저렴하길래 달가워하며 주문까지 완료. 스티커 형태의 네일을 내 손톱 위에 붙이고, 크기에 맞게 다듬어주고, UV 램프로 경화시켜주면 끝이었다. 두 시간을 꼬박 투자해서 완성시킨 나의 손톱은 서툰 모양새였지만 나름 괜찮아 보였다. 맹숭맹숭하던 내 손톱에도 색채라는 게 생기다니. 괜스레 손가락을 쭉쭉 펼쳐두고 감상하는 일이 잦아졌다.

못생긴 손가락이 예뻐 보일 지경에 이르자 생각했다. 호박에 줄을 긋는 격이면 뭐 어때. 무엇이든 결국 자신이 만족한다면 그만일 일이다. 학창 시절 콤플렉스가 지겹도록 많았다. 손이 못생기고, 다리가 두껍고, 피부가 안 좋고, 가슴이 작아서 억울했다. 20대 때는 '컨버스 하이'나 발목까지 올라오는 워커를 간절히 원했지만 두꺼운 종아리가 부각될까 두려워 시도조차 못 해보았다. 작은 가슴을 감춰보겠다고 억지로 통통한 브라를 입기도 했다. 그때의 나를 이해하지 못하는 건 아니지만, 지금이라도 그런 것들에서 벗어나 자유로워졌음에 다행일 따름이다.

내가 단점이라고 치부했기 때문에 단점이 되어버린 것들. 이제는 단점도, 장점도 아닌 그저 '나'일뿐임을 안다.

여전히 고독이 고프다

결혼 전, 직장에 다닐 때 유독 마음이 갑갑하고 터질 것만 같았던 시기가 있었다. 이대로는 안 되겠다 싶어서 부모님께 여행 허락을 받고 급히 금요일 연차를 썼다. 그리고는 배낭을 메고 기차를 타고 혼자 부산으로 훌쩍 떠났다.

예약해둔 게스트 하우스에 도착한 뒤 커튼이 달린 침대 위에 곧바로 짐을 풀었다. 비린내 나는 자갈치 시장에 위치한 곳이었다. 2층 침대가 양쪽에 세 줄씩 줄지어있는 12인실 도미토리, 그중에 협소한 나의 공간 하나. 피곤한 탓에 잠시 침대에 몸을 눕혔다. 하얀 시트에 먼지가 그득했는지 콧속이 근질근질해졌다. 자꾸 재채기가 났지만 왠지 마음이 편안했다. 집에서는 내 방에 혼자 있어도 마음까지 온전히 혼자일 수는 없는 날이 더 많은데. 떠나온 여행지에서는 한 방에 열두 명과 함께 있어도 온전히 나 혼자인 느낌이었다.

저녁으로 회가 먹고 싶어서 바로 앞 회센터로 향했다. 건물에 들어서자마자 사람들의 수다 소리가 사방에서 웅왕웅왕 울려댔다. <○○수산>이라는 팻말이 대롱대롱 달려있는 수많은 횟집 중 자리가 남아있는 곳을 찾아가 앉았다. 횟집 이모는 놀란 표정으로 정말 혼자 왔냐고 재차 물으셨다. 그렇다고 대답하며, 경상도 친구들에게 배운 어색한 사투리로 여쭈어보았다.

"이↗모↘, 혹시 매화수 있어요?"

이모는 매화수는 없고 더 비싸고 좋은 설중매밖에 없다고 하셨다. 나는 광어회와 설중매를 주문했다. 이모는 나에게 용기가 대단하다며, 기특하다며 자꾸만 엄지손가락을 치켜드셨다. 이렇게 관광객이 많은 부산에도 혼자 회에 술 한잔

하러 오는 젊은 여자는 별로 없었나 보다. 하여간 이모는 다 먹지도 못할 서비스를 자꾸만 챙겨주셨다. 민망하면서도 괜스레 좋았다.

쫄깃한 회를 오물오물 씹으며 잔에 설중매를 따랐다. 그리고 배낭에서 수첩과 펜을 꺼내서는 내 감정을 적어 내려갔다. 바로 앞, 대각선, 뒤 테이블에서 얼굴이 벌게진 아줌마, 아저씨들이 큰소리로 대화를 하고 계셨지만 별로 거슬리지 않았다. 혼자 있는 나를 신경 쓰지 않아 주셔서 오히려 다행이라고 생각했다. 먹는 게 느린 나는 누구의 눈치도 보지 않은 채 천천히 회 한 접시와 설중매 한 병을 비웠다. 나무줄기에서 나뭇가지 뻗듯 술기운이 머릿속으로 스르르 퍼졌다. 숨 막힐 것 같던 그 갑갑함이, 휴, 한결 풀리는 기분이었다.

한 번씩 이런 시간이 필요했다. 이런저런 사람들과 부대끼는 것이 간혹 버거웠던 나에게는. 또 공부와, 일과, 책임에 묶여있던 나에게는. 가끔 고독과, 적막함과, 주변과의 단절이 필요했다. 타인을 신경 쓰지 않고 나를 돌아보는 시간이 필요했다. 그래서 나는 종종 혼자를 즐겼다. 혼자 술을 마시러 가거나, 혼자 드라이브를 하러 가거나, 혼자 영화를 보러 가거나, 혼자 산책을 하곤 했다.

사실 지금은 그때와 상황이 많이 달라졌다. 결혼을 하며 독립했고, 퇴사 후 출근을 하지 않으니 사람 만날 일도 거의 없다. 남편이 퇴근하기 전까지는 온종일 혼자다. 혼자 글을 쓰고, 혼자 영상 작업을 하고, 혼자 공부를 하고, 혼자 책을 읽는다. 매일 이렇게 혼자 있는데도 신기하게 혼자가 지겹지 않다. 이 외로움이, 이 쓸쓸함이 좋다.

고독은 군중들 사이로 나아갈 에너지를 충전해 준다. 조금 더 나에게 집중할 수 있게 하고, 또 무엇이 중요한지 깨닫게 해주기도 한다. 아무래도 나는 아직 군중들 속에 나아갈 준비가 덜 되었나 보다.

이렇게 여전히 고독이 고프다.

감수성 사용법

학창 시절, 영화 <타이타닉>에 푹 빠진 나는 한 달에 한 번꼴로 타이타닉 비디오를 틀어대곤 했다. 어느덧 대사를 술술 외울 지경이 되었지만, 마지막쯤 쉰 목소리로 "Come back!"을 외치는 로즈를 볼 때면 어김없이 오열했다. 본 걸 또 보고 또 보고 하면서도 매번 눈물을 터트리는 게 엄마 눈에는 신기했나 보다. 시간이 지나 첫 에세이를 펴낸 나를 보며 엄마는 말씀하셨다.

"너 허구한 날 타이타닉 보면서 울고 그랬을 때, 감수성이 유별나다는 건 알았는데. 그때 그런 쪽으로 잘 키워줬으면 좋았을걸. 좀 아쉽네."

나의 감수성은 늘 과하다 싶을 정도로 풍부했다. <타이타닉>은 그저 평범한 일례 중 하나일 뿐. 내 감정선을 건드리는 모든 것들에 빨려 들어갈 듯 몰입했다. 자주 울었고, 자지러질 듯 웃었다. 신파 영화의 제작자들이 그들의 영화를 관람하고 있는 나의 표정을 목격했다면, 이렇게 말했을 거라 믿어 의심치 않는다.

"의도한 대로 잘 되었군. 아주 뿌듯해."

드라마의 경우 영화보다 더 심했다. 늘어난 러닝타임만큼 감정을 쏟는 시간도 길어졌으니까. 등장인물의 감정에 너무 깊이 이입한 나머지 16부작을 보는 두 달 내내 우울한 상태로 지낸 적도 있었고, 종영 후에도 한참 동안 그 감정에서 벗어나지 못해 힘겨워하기도 했다. 미술 작품을 볼 때도, 공연을 보다가도, 음악을 들으면서도 심장이 소란스럽게 쿵쾅대거나 찌릿찌릿 간질거릴 때가 많았다. 그럴 때면 가슴 한구석을 꼬옥 부여잡곤 했다.

너무 풍부한 감정을 지니고 산다는 건 피곤한 일이기도 했다. 허구, 또는 타인의 이야기에도 내 감정은 쉽게 소모되기 일쑤였다. 겁도 없이 대양을 항해하는 작은 조각배처럼 바다나 날씨의 변화에 따라 격하게 흔들렸다. 덕분에 당연히도 마음이 자주 아팠다. 닳아 없어질 때까지 아낌없이 썼으니까. 멀미가 날 때까지 울고 웃었으니까.

그렇게 삼십 대가 된 나는 여전히 요동치고 있을까? 글쎄. 언제부턴가는 무거운 돛을 내린 채 나 자신이 흔들리지 않게 부여잡는 일이 많아졌다. 타인의 이야기에 공감하더라도 내 심장을 떼어 나눠주진 않도록. 노골적으로 감정을 자극하는 영화, 드라마는 최대한 피하도록. 대신 나의 진짜 감정이 무엇인지 차근차근 찾아갈 수 있게, 책을 가까이하고 있다.

이전엔 눈물을 찾으러 다녔다면 지금은 눈물을 마르게 두는 편이 되었다. 같은 맥락에서, 이전엔 누가 보아도 이타적인 사람이었다면 지금의 나는 이기적이지도, 이타적이지도 않은 범주에 있다. 확실히… 확실히 나는 다른 사람이 되었다.

살다 살다 내가 감수성이 메말랐다고 생각하는 순간이 오다니. 좋은 일일까, 나쁜 일일까. 확실한 건 예전보다는 좀 더 나 자신을 챙기게 되었다는 것이다. 사랑에 빠진 사람의 눈에는 사랑 빼고 아무것도 보이지 않듯, 감정에 파묻히면 판단이 흐려진다. 조금 더 이성적으로 살며 중요한 것들을 놓치지 않으려 애쓰고 있다. 덜 울고 덜 아프려고 한다.

잃어버린 감수성이 그리워질 때쯤, 너무 흑백 모드로 사는 거 아닌가 싶을 때쯤에는, 〈타이타닉〉을 오랜만에 찾아 맘껏 눈물 쏟아볼까. 그럼 어느 정도는 다시 충전이 되지 않을까. 땅속에 오래도록 숙성시킨 장독대처럼, 나의 감수성도 어딘가에 고스란히 보존되어 있었으면. 그리고 필요할 때 꺼낼 수 있다면 좋겠다.

뜨거운 열정이 내게 남긴 것

"그러니까, 정말 제가 낸 소설이 맞다는 말씀이시죠?"

"그럼요! 안 그래도 개별 연락드릴 예정이었어요. 진심으로 축하드립니다."

공모전 수상작 공고의 우수상 부문에 내가 출품한 단편소설의 제목이 적혀있었다. 소리를 지르다 말고, 이 공고에는 글쓴이가 명시되어 있지 않다는 걸 깨달았다. 혹여나 같은 제목의 소설을 낸 사람이 있는 건 아닐까, 하는 의구심에 용기를 내어 확인 전화까지 걸었다. 그 정도로 믿기지 않는 결과였다. 한 달 동안 수필 공모전과 단편소설 공모전에서

상을 받고 두 번째 에세이 출간 계약까지 했다. 눈에 보이지 않는 수증기들이 밤새 잎사귀 위에 모여 이슬방울이 되듯, 곡진하게 쌓아온 나의 글쓰기 열정도 작은 결실로 맺혀 반짝거리고 있었다.

공모전 상장을 받아 서재의 책장 위에 자랑스럽게 펼쳐 두었다. 그 옆에 세워둔 기타에는 먼지가 소복이 쌓여있었다. 열정의 산물과, 끝내 열정의 산물이 되지 못한 것. 그 두 가지를 같이 지켜보고 있자니 새삼 나의 열정이 대견하다고 느꼈다.

열정 없이는 아무것도 이루어내지 못하는 운명을 타고난 나. 이전에는 이 운명이 참으로 야속했더랬다. 나에게 열정이란 그런 존재였다. 과정이라는 화살표의 끝에 결과라는 종착점이 있다고 치면, 그 화살표를 좀 더 도톰하게 살찌워주는 존재. 그렇지만 막상 좋은 결실과는 거리가 멀었던, 그래서 그리 자랑스럽지만은 않은, 또 이따금 억울함의 요인이 되기도 했던 그런 존재.

지난했던 학창 시절, 음악은 나의 돌파구였다. 중학생 때부터 록 음악에 심취했고 그즈음 밴드 하는 친구들과 가까워지며 밴드의 세상에 조금씩 발을 들였다. 처음에는 합주에 따라가서 구경하는 일이 전부였다. 통통한 방음벽으로 이루어진 합주실의 문을 열면 악기 냄새가 났다. 연주가 시작되면 기타와 베이스, 키보드와 드럼이 내는 소리가 앰프를 통해 울려 퍼지고, 꽉 막힌 공간의 대기를 가득 채웠다. 그 소리가 나의 귓속으로 직접 꽂혀 들어올 때의 느낌은 경쾌하고도 짜릿했다. 나도 저 사람들 사이에서 무언가 하고 싶다고 줄곧 생각했고, 곧이어 실용음악 학원으로 일렉기타를 배우러 다녔다.

당시 내 열정은 가히 대단했다. 연습을 너무 많이 한 나머지 말랑했던 손가락이 찢어져서 피가 났다. 계속 연습했다. 굳은살이 생겼다. 계속 연습했다. 굳은살 안쪽이 또 찢어졌다. 손에서 녹슨 쇠 냄새와 피 냄새가 섞여서 났다. 그래도 계속해서 연습했다. 물집 안에 또 물집이 잡혀서, 결국에는 샤프로 찌르면 깊숙이 들어가서는 온종일 나오지 않을 정도로 굳은살이 단단히 배겼다. 무엇 때문에 이렇게까지 열심히 했냐고 묻는다면, 이유는 단순하고도 씁쓸했다. 실력이 늘지 않았기 때문이었다.

기타 선생님은 내가 얼마나 연습을 많이 하는지 알고 계셨다. 하지만 레슨 시간에 내게 연습한 걸 쳐보라고 하실 때면, 내 실력은 딱 코딱지만큼만 늘어있었다. 나를 안타깝게 생각했던 선생님은 완벽하지 않은데도 다음 진도로 넘어가곤 했다. 선생님은 실용음악과 입시를 준비하는 학생들에게 나를 가리키며 말씀하시기도 했다. 너희들이 이 친구만큼 연습하면 좋은 대학 갈 수 있다고. 나도 그들처럼 음악을 전공하고 싶었지만 턱도 없었다. 용기도 없고, 패기도 없고, 무엇보다 실력이 없었다. 기타는 결국 그렇게 발전하지 못하는 취미 정도로 남겨졌다.

공부에 있어서도 사정은 비슷했다. 수학을 좋아했던 나는 고등학생이 되어 큰 고민 없이 이공계열을 택했다. 모두가 회피하는 공식 증명하는 일을 즐거워했으니 말 다 했다. 그러나 불행히도 고등학생이 수학을 잘한다는 의미는 50분의 시간에 맞추어 약 30개의 수학 문제를 잘 푼다는 걸 의미했다. 오랜 시간에 걸쳐 증명을 하는 일 따위는 크게 중요하지 않았다. 나는 수학을 좋아했음에도 불구하고 줄곧 낮은 점수를 받았다. 수학 선생님들 역시 그런 나를 보며 안타까워하시곤 했다.

고2 때 수학 선생님은 무섭기로 유명한 분이셨다. M 선생님은 매일 긴 머리칼을 휘날리며 카리스마 넘치는 말투로 수업을 지휘하셨는데, 수학을 끝내주게 잘 가르치셨다. 다들 M 선생님이 무섭다는 둥, 어떻다는 둥 구시렁거리곤 했지만 나만큼은 수학 시간을 가장 손꼽아 기다렸다. 그리고 금방이라도 눈동자가 튀어나올 기세로 선생님의 수업을 들었다.

M 선생님의 수업은 항상 조를 짜서 모여 앉는 방식으로 진행됐다. 시험이 끝나고 나면 어김없이 조를 바꾸었는데, 시험 점수가 높은 사람을 조장으로 먼저 선정한 뒤 각 조에 들어갈 조원을 편성하는 방식이었다. 중간고사를 제대로 망친 나는 조원이 될 요량으로 순서를 기다리고 있었다. 그런데 M 선생님이 교단에 서서 말씀하셨다.

"온정이는 시험 점수와는 별개로 조장 자리에 앉아라."

나는 민망해하며, 내 볼품없는 점수로 이 자리에 앉아도 되는 걸까, 생각했다. 얼떨떨한 얼굴로 주변의 눈치를 보다가 곧 알아챘다. 같은 반 친구들도 선생님의 말씀에 수긍하고 있다는 걸. 모두가 나의 열정만큼은 알아봐 주고 있었다. 결실을 맺지 못한 열정이 이렇게 과정으로나마 인정받을 때 나는 깊이 위로받았다.

성인이 되고 나서도 나의 열정을 드러낼 기회는 몇 번이고 찾아왔다. 대학 공부라든지, 대학원 연구라든지, 직장 생활이라든지 하는 것들. 그러나 결과로 돌아오지 않는 열정은 시나브로 사그라들 수밖에 없었다. 난 여전히 부족한 자신을 보충하기 위해 매사에 열심히 임했지만, 학창 시절 기타를 치던 불타는 열정과 수학을 좋아하던 순수한 열정은 아니었다.

어느 순간 돌아본 내게 뜨거운 열정은 사라지고 없었다. 차가운 현실에 부딪혀 식어버린, 그저 미적지근한 열정만이 남아있었을 뿐. 열정 빼면 시체라더니. 내 모습은 정말 시체 같았다. 한편으로는 속이 편하기도 했다. 순수한 열정 없이도 인생은 잘만 흘러가는데 뭐. 상처받을 일도 없고 잘됐네, 생각했다. 그러나 가장 중요한 무언가가 쏙 빠져버린 것처럼 늘 허전했다. 나를 보고 있자면 내가 아닌 것만 같았다.

한동안 텅 비어있던 그 공간은 언제부턴가 다시금 열정의 기운으로 채워졌다. '글'이라는 이름표를 달고서. 다행히도 나는 글을 쓰며 예전의 그 순수한 열정을 느낀다. 쓸 때마다 내 온몸의 세포가 들끓고, 머릿속은 온종일 글로 가득 차 있다. 좌절과 회의감이 왕왕 찾아오던 이전의 열정과는 무언가 달라졌다. 글을 쓰다 보면 자꾸만 가능성과 희망이 보인다. 늘 보이지 않고 잡히지도 않던 그 존재가, 지금은 꼭 눈에 보이고 손에 잡히는 것만 같다.

떠나버린 줄 알았던 나의 열정은 수많은 발자취를 남기며 내 속에 단단히 박혀있었다. 물집 잡히고, 찢겨져 나가며 굳은살을 만들어냈다. 이제는 열정을 쏟을 대상이 있다는 사실만으로도 감사하다. 그 묵직한 과정이 있을 때 비로소 나 자신이 완성되니까. 열정 없는 나는 내가 아니다. 이게 진짜 나의 모습이다.

나에게도
에코 모드가 있다면

어느 토요일 아침, 창원에 사는 친한 부부를 만나러 가기 위해 남편과 부지런히 집을 나섰다. 우리 집에서부터 차로 총 네 시간 거리. 두 시간은 내가, 나머지 두 시간은 남편이 운전대를 잡고 고속도로를 달렸다.

우리 차에는 '드라이브 모드'라는 기능이 있는데, 일반 모드, 에코 모드, 스포츠 모드로 이루어져 있다. 에코 모드는 연료의 효율을 가장 우선시하는 모드로, 액셀을 세게 밟아도 가속이 잘 붙지 않고 답답한 감이 있지만 기름을 절약할 수 있다는 장점이 있다. 반면 스포츠 모드는 이름에서도 알 수 있듯 액셀을 밟는 즉시 가속이 붙는다. 뻥 뚫린 도로에서 시원하게 달릴 수 있다는 장점이 있어서, '우리 차가 이렇게 잘나가는 아이였어…?'라며 새삼 놀라기도 한다.

오랜만에 스포츠 모드를 누르고 신나게 달리다 보니 문득 드는 생각이 있었다. 나에게도 일반 모드, 에코 모드, 스포츠 모드가 있었으면 좋겠다고. 특히 그중에서도 가장 탐나는 모드는 다름 아닌 에코 모드였다.

학교에 다닐 때도, 직장 생활을 할 때도 나는 항상 나 자신이 감당할 수 없을 만큼 달리는 사람이었다. 적당히 좀 하자고 아무리 외쳐보아도 내 마음대로 조절이 되지 않았다. 내 안에 채워놓은 기름이 빠르게 동나버리고, 주유 경고등이 빨갛게 빛나고 있어도 나는 달렸다. 남아있는 기름 한 방울조차도 끝까지 쥐어짜면서. 그러다 더 이상 연료가 남지 않아서 시동이 꺼져버리고 나면, 그제야 지나온 길을 후회하곤 했다. 좀 더 천천히 할 걸. 나 자신을 좀 돌보면서 할 걸.

매번 그렇게 후회하면서도 이미 깊숙이 뿌리내린 성격은 변화할 기미조차 안 보인다. 여전히 나는 효율적으로 연료를 아끼거나 속도를 줄일 줄 모른다. 내 능력보다 더 달리느라 과열이 되어 있어도, 그저 힘껏 액셀을 밟을 줄만 안다. 연비가 최악인 셈이다.

이런 나에게 에코 모드가 있다면 정말 좋겠다.

내가 아무리 힘껏 액셀을 밟아도 차라리 일정 속도 이상으로는 잘 올라가지 않았으면. 빠르게 타올랐다가 일찍 방전되기보다, 그저 적당한 속도로 오래 달릴 수 있었으면. 내가 가진 연료로 최대한의 효율을 낼 수 있도록. 가끔은 머리도 식혀주고, 또 가끔은 내일의 나에게 맡겨보기도 하면서. 그렇게 조금씩 아껴놓았던 연료로, 진정 불타올라야 할 시점에 스포츠 모드로 전환할 수 있다면. 그럴 때 평소 내가 보여주던 능력 그 이상으로 달릴 수 있다면 얼마나 좋을까.

평상시에는 잔잔하다가도 꼭 필요할 때만 결정적인 한 방을 날릴 줄 아는, 그런 전략적인 사람이 되고 싶다. 그런 의미에서 나의 내면에도 에코 모드와 스포츠 모드를 탑재하고 싶은 마음이 간절하다.

나의 가슴속엔
응어리가 있어서

"유방 초음파는 처음 받는 거라고 하셨죠?"

서른두 살 여름. 종합 건강 검진을 받았다. 나의 오른쪽 가슴에 2센티미터에 달하는 종양이 있다고, 미끄덩한 젤 위로 초음파 프로브를 능숙하게 굴리시던 선생님께서 낮은 목소리로 이야기하셨다. 모양은 괜찮아 보여도 크기가 제법 크니 전문 병원에 가보는 게 좋을 듯하다고도 덧붙이셨다. 다음날 바로 유방 외과로 가서 조직 검사를 받았다. 마취 주사 덕분에 두꺼운 바늘로 가슴을 뚫고 조직을 떼어내는 동안 큰 아픔은 느끼지 못했다. 그러나 그 틈새로 온갖 두려움이 나의 마음을 뚫고 들어와 심장을 뒤흔들어놓았다.

3일 뒤 결과가 나온다고 했다. 하필 검사를 받는 동안 엄마에게 부재중 전화가 와있었다. 집에 도착하자마자 다시 전화를 거니 엄마가 종합 검진은 잘 받았냐고 물었다. 결혼한 뒤로는 좀처럼 사생활을 치밀하게 묻지 않는 엄마인데, 그날따라 질문이 자꾸만 꼬리를 물었다. 신기하게도 엄마는 내가 힘들 때나 아플 때만 유독 집요해진다. 티를 내지 않으려 아무리 애를 써도 말이다. 가끔은 정말 엄마에게 독심술이라도 있는 게 아닌가 의심스럽다.

나는 오후 검진이라 종일 밥을 굶느라 힘들었다는 둥, 다녀와서 먹고 자느라 연락을 못 했다는 둥 횡설수설 괜한 말들만 늘어놓았다. 조직 검사의 충격과 긴장이 풀릴 새도 없이 엄마에게 거짓말을 하는 일은 영 쉽지 않았다. 나의 목소리가 아슬아슬하게 떨렸다. 내 맘도 모르고 엄마는 별안간 내 고등학생 시절 이야기를 꺼내기 시작했다.

"너 위내시경 처음 받았을 때 기억나? 엄마 그때 너 지켜보면서 엄청 울었잖아. 너 어제 검진 받는다니까 괜히 그때 생각이 나서 마음이 좀 그랬어."

터지기 일보 직전이던 눈물샘이 엄마의 독심술에 무장해제 당해버렸다.

"에이, 엄마. 나 그때 이후로 10년 넘게! 매년 내시경 받아 온 '위내시경 장인'이라구. 아니, 어차피 수면 내시경이라 잠만 자면 끝나는데 뭘 걱정을 하셔요?"

호탕한 척 이상한 웃음소리만 내다가 급하게 전화를 끊었다. 침대에 누우니 온몸에서 피가 빠져나가는 듯한 기분이 들었다. 불어 터진 면발처럼 온몸이 흐물흐물해지고 손가락에는 힘이 안 들어갔다. 눈물이 이따금씩 또로로 흘러내리다 귓바퀴 속을 가득 채웠다. 온갖 걱정을 확장하느라 머릿속에는 공간이 부족할 지경이었다. 결과가 나오기까지 기다림의 시간은 너무 길었고, 수많은 '혹시'를 낳았다.

고등학생 때 무엇을 먹어도 소화를 못 시켰다. 시계에 건전지를 끼워 넣듯 매일 빈속에 초콜릿을 넣으면 하루가 째깍째깍 흘러갔다. 속 쓰림과 소화 불량 증세가 갈수록 심각해지자 결국 엄마 손을 잡고 동네 내과에 가게 되었다.

그 병원의 공기를 지금도 나는 잊지 못한다. 하얀색 벽에 각종 포스터들이 붙어있었고, 소독약과 가루약 냄새가 은은하게 풍겼다. 진료실에서 선생님께 증상을 설명했다. 선생님은 증상의 원인이 될 수 있는 여러 가지 질병들을 설명하며, "적은 확률이긴 하지만 위암일 수도 있고요."라고 말씀하셨다. 스쳐 지나가는 그 말은 나를 움찔하게 했다. 그러나 막상 내시경 날이 올 때까지도, 또 조직 검사 결과가 나올 때까지도 나는 크게 두렵지 않았다. 조금 긴장했을 뿐 무덤덤했다.

사실 중고등학교 시절부터 나는 종종 죽음에 대해 생각했다. 위염을 달고 살았던 이유도 정신이 건강하지 못했기 때문이었다. 그땐 워낙 나 자신을 지킬 줄 몰랐다. 교과서와 더불어 심신까지 너덜너덜해질 정도로 치열하게 공부했다.

스트레스와 압박감으로 매일 밤 가위에 눌렸다. 누군가가 나를 침대 끝으로 질질 끌고 가기도 했고, 사람들이 대화하는 소리가 등 뒤에서 들려오는 날도 더러 있었다. 교과서 글자들에서 피가 솟구쳐 오르는 악몽을 꾸기도 했다. 온 힘을 다해 겨우 깨고 나면 그날은 다시 눕지 못했다. 눕는 순간 또 가위에 눌렸기 때문이었다. 꾸역꾸역 무거운 몸을 이끌고 책상으로 향했다. 그렇게 의자에 앉은 채 졸면서 밤을 새우는 날이 허다했다.

시험 전날이 되면, 시험에 대한 부담감과 공포에 짓눌려 종종 공황 발작을 일으켰다. 다음날이 오는 게 세상에서 제일 두려웠다. 바로 앞에 쓰나미가 덮쳐오는 걸 가만히 지켜보고만 있어야 하는 기분이었다. 내가 제어할 수 없는 시간의 흐름 앞에서, 나는 속수무책으로 무너졌다. 공부, 경쟁, 인간관계. 그 모든 것으로부터 도망치고 싶었다. 죽음이 이 모든 걸 해결할 수 있는 돌파구라 믿었기에 자주 그것에 대해 생각했다. 내가 떠나면 남겨진 부모님은 대체 무슨 죄야. 그 사실만으로 버텼지만 가장 중요한 나의 의지가 쏙 빠져버린 목숨이었다.

씨앗을 빼버린 아보카도처럼, 나의 중심은 뻥 뚫려있었다.

이런 어두운 시간을 겨우 극복하고 난 뒤에도 죽음에 대한 생각은 나를 떠나지 않았다. 어처구니없게도, 이제는 오히려 살고 싶어져서 죽음에 대해 자주 생각하게 되었다. 내가 어떻게 이겨냈는데. 얼마나 어렵게 이 목숨을 지켜냈는데. 이제 결코 허무하게 놓쳐버릴 수가 없었다.

심경의 변화가 생기며 불안 증세가 심해졌다. 가만히 서 있다가도 빠르게 지나가는 자동차 소리에 소스라치게 놀랐고, 길을 걷다 보면 날 마주 보고 다가오는 모든 사람들이 위협적으로 느껴졌다. 예민했고, 두려워했고, 자주 움찔거렸다. 옛날 옛적에 하늘이 무너질까 봐 걱정하느라 잠도 못 자고 밥도 못 먹는 사람이 있었다던데. 나도 딱 비슷한 모양새였다. 이런 불안함이 마냥 싫지만은 않았다. 엉뚱하게도 그런 순간들에서 내 삶이 소중해졌다는 걸 느꼈으니까.

최근에는 코로나19라는 전염병으로 인해 의도치 않게 죽음에 대해 자주 생각했고, 가슴속에 있는 혹 덩어리 때문에 또다시 그에 대해 생각하게 되었다. 나와는 멀 거라 생각했던 일들이 혹시 나의 일이 될지도 모른다는 생각. 세상에 아프고 싶어서 아픈 사람이 대체 어디 있겠냐마는, 목숨을 가

볍게 생각했던 옛날의 그 시절과 대비되어, 나는 혹여나 아프게 될까 봐 지독히도 두려웠고, 그러니까, 정말 이 삶을 잘 살아내고 싶었다. 예전보다 살아야 할 이유가 훨씬 많아졌으니까.

베개에 머리를 대면 금세 커어- 소리를 내며 잠드는 남편도, 검사 결과가 나오기 전날에는 좀처럼 잠들지 못했다. 다음날 우리는 퀭한 눈을 한 채 손을 잡고 함께 병원을 찾았다. 진료실 문을 열고 인사를 드리기도 전에 선생님은 말씀하셨다.

"다행히 암은 아니에요."

우리는 자리에 앉으며 가슴을 쓸어내렸다. 양성 종양이지만 크기가 크고, 암으로 번질 가능성도 있기에 제거 수술은 받기를 추천하셨다. 조금만 고민해 보겠다고 말씀드리고 병원을 나섰다.

그 길로 쌀국숫집에 들어가서 속 편하게 국수 한 그릇을 비웠다. 온갖 상상을 펼쳤던 지난 3일이 머쓱하게 느껴지기까지 했다. 나는 왜 이렇게 자꾸만 죽음에 대해 생각하는 걸까. 그만해야 하는데, 멈추어야 하는데. 손톱을 물어뜯는 오래된 버릇처럼 고치기가 쉽지 않다.

인간이 세상 밖으로 나오는 순간 삶은 주어지게 마련이고, 그 끝이 언제일지는 아무도 알 수 없다. 그 사실을 받아들이고 하루하루에 충실하며 살아가는 게 삶의 미덕일 것이다. 죽음에 대해 무덤덤하던 학창 시절의 나와, 혹시 우연히라도 죽음에 가까워질까 봐 두려워하는 현재의 나. 이렇게 극단적인 냉탕과 열탕 말고 이제는 제발 그 중간 즈음에 미지근하게 머물고 싶다.

수술이 무섭긴 해도, 조만간 가슴속의 혹을 떼어내기로 했다. 그러고 나면 마음속 두려움의 응어리들도 함께 떨어져 나가길 바라면서.

Chapter 3

나와 타인의 케미스트리

운동이 매사의 정답이라는 아빠의 말

오랜만에 친정집에 갔다. 여느 때와 같이 아빠는 내 목덜미와 어깨부터 먼저 잡아보셨다. 그리고 이어지는 잔소리.

"너, 또 또 여기 뭉친 거 봐. 아빠가 운동하랬지!"

헤헤, 실없는 웃음으로 슬그머니 도망쳐 보려 했지만 역시 아빠의 레이더망을 벗어나는 건 쉽지 않다.

아빠는 무언가에 한 번 꽂히고 나면 "무조건 그게 답이야!"라고 외치시는 편이다. 그중에서도 특히 아주 오랜 시간 꽂혀계신 것이 하나 있으니, 바로 운동이다. 아빠는 어떤 일에든 '운동이 답'이라는 조언을 덧붙이시곤 했다.

내가 성격이 예민한 것도 운동을 안 해서, 내가 소화를 못 시키는 것도 운동을 안 해서, 내가 아픈 것도, 우울한 것도, 잠을 잘 못 자는 것도, 피곤한 것도 모두 운동을 안 해서 그런 거라고 말씀하셨다. 가끔은 너무하다는 생각이 들었더랬다.

눈물이 유독 많은 내가 울고 있을 때면 "네가 근력이 없어서 그렇게 마음이 약한 거야."라고 하셨다. 심지어 내가 화학물질에 취약해서 연구하는 게 너무 힘들다며 고충을 토로했을 때도, 아빠는 운동을 해서 건강해지면 다 괜찮아질 거라고 말씀하셨다. 운동이 좋은 건 모두가 아는 사실이라지만 아빠는 왜 이렇게까지 모든 문제의 답을 운동에서 찾으려 하시는 걸까?

내가 아주 어렸을 적 아빠의 사업이 부도가 났다. 그 충격으로 아빠는 결국 몸져누워 병원에 입원까지 하셨다고 한다. 그 시절 아빠의 몸무게는 고작 55킬로그램이었다.

아마 하루하루 걱정으로 잠들지 못하는 괴로운 나날들이었을 것이다. 내가 아빠의 성격을 쏙 빼닮았기에 그 시간이 얼마나 힘드셨을지는 조금이나마 짐작이 간다. 좌절로 가득했던 그때 아빠는 국선도, 즉 단전호흡이라는 운동을 만났다. 단전호흡은 운동과 명상을 동시에 할 수 있는 좋은 운동이라, 아빠의 몸과 마음은 조금씩 건강해졌다.

어릴 때를 떠올려보면 안방에서 음악을 틀어놓은 채 가부좌를 틀고 앉아 명상하던 아빠의 모습이 생각난다. 피리 부는 소리로 시작하는 구수한 단전호흡의 음악은 아직까지도 내 귀에 생생하게 남아있다. 엄마는 가끔 그때를 회상하며 말씀하신다.

"아빠는 국선도가 살렸다고 해도 과언이 아니야. 그 쑤욱 들어간 볼이, 그 삐쩍 마른 팔, 다리가. 지켜보기만 해도 얼마나 안쓰러웠는지 몰라."

아빠는 꽤 오랜 시간 단전호흡을 하시며 사범 자격증까지 따셨다. 자격증을 따로 활용하진 않으셨지만 운동과 명상을 꾸준히 하셨다. 그리고 언제부턴가는 헬스장에 다니기 시작하셨다. 말라서 콤플렉스였던 아빠의 몸은 하루가 다르게 다부진 몸으로 변해갔다.

여전히 아빠는 꼬박꼬박 운동을 하신다. 친정집에 갈 때면 아빠가 종종 몸살 났다며 앓는 소리를 하시는데, 원인이 무엇인고, 하면 언제나 운동 때문이다. 또 아빠의 다리를 보면 늘 거뭇거뭇하게 멍이 들어있는데, 그것도 역시나 운동을 격하게 하다가 다치신 것이다. 그 멍들이 아빠의 훈장처럼 느껴지는 것은 왜일까.

아빠에게 운동이란 단단한 근육 그 이상의 의미를 가진다. 내가 우울증에 걸려 어두운 나날들을 보내던 때, 나를 보며 아빠는 본인이 막막함에 잠 못 들던 그 시절을 떠올리셨을 것이다. 마음의 병이 얼마나 자신의 뜻대로 되지 않는지 잘 아셨기에 더욱 애태우셨을 것이다. 그래서 아빠는 내게 운동을 강조하실 수밖에 없었을 것이다. 아빠도 몸과 마음이 아팠던 날들이 있었기에. 그걸 이겨낼 수 있었던 비결은 운동이었고, 운동을 하며 몸의 근육뿐만 아니라 마음의 근육도 키울 수 있었기에. 그랬기 때문에 아빠에게 운동은 매사의 정답이 될 수밖에 없었을 것이다.

예전에는 아빠의 말들이 억지스럽다고 생각한 적이 많았다. 아빠는 주장이 강한 편이라, 내가 무슨 말을 하고 나면 "그건 말도 안 되는 소리고,"라는 강력 본드 같은 말로 이야기를 시작하시곤 했다. 그 첫마디는 귀에 찰싹 달라붙어서 내 마음에 방어벽을 치게 했다. '역시 아빠는 내 말을 안 들어주셔.'라는 생각이 들기 시작하면, 그 뒤에 따라오는 이야기는 귀에 잘 들어오지 않았다. "대체 요즘 세상에 말이 안 되는 소리가 어디 있어요? 무슨 말을 해도 말이 되는 게 요즘 세상이라구요!"라고 꽥 소리를 지르면서 반항하는 날도 있었더랬다. 그럴 때마다 아빠는 아빠대로 나에게 섭섭함을 표하셨다. 서로가 서로의 말을 제대로 듣지 못했던 셈이다.

하지만 아빠와 떨어져 살며, 한 발짝 뒤에서 그 상황을 겪어보니 알 것 같다. 그저 첫마디의 고비만 잘 지나면 된다는 것을. 아빠의 강력한 첫마디를 견딘 후에 뒤따라오는 이야기를 차분히 듣고 있자면, 나에게 피가 되고 살이 되는 이야기들이 숨어있었다. 아빠의 고단한 인생의 경험에서 나오는 진심 어린 조언 말이다.

요즘 나는 이야기한다.

“사실 그때는 아빠가 날 이해해 주지 못한다며 아빠를 원망하기도 하고, 많이 속상해하기도 하고 그랬는데. 지금 생각해 보면 또 아빠 말에 틀린 건 없었다? 물론 나와 다른 건 좀 있었겠지만 말이야.”

우리 식구는 언제나 운동을 해야 한다는 사명감에 사로잡혀있다. 아빠에게 받은 소중한 자산인 셈이다. 엄마는 하루라도 걷지 않으면 마음이 불편하다며 매일 밖으로 나가서 걸음 수를 재신다. 오빠는 벌써 15년째 미국에서 혼자 살고 있지만 매일 자발적으로 운동을 한다. 타지에서 혼자 아프면 그 얼마나 서러운 일인가. 또 병원에 한 번 가려면 큰돈을 써야 하는 미국에서, 오빠는 병원비를 아끼며 아주 건강하게 지내고 있다. 나 역시 오빠만큼은 아니지만 운동에 대해 각성하는 시간이 익숙하다. 요가 매트에 앉아 다리를 찢으며 책을 읽거나, 스쿼트를 하면서 TV를 보기도 한다.

사실 요즘 글 쓴다는 핑계로 운동을 소홀히 했다. 아이고,

아빠의 운동하라는 잔소리가 환청으로까지 들리려 한다. 아빠와의 다음 만남에서 한참 동안 설교를 듣지 않으려면 난 얼른 운동하러 가보는 게 좋겠다. 아빠 말에는 틀린 게 없으니까.

꿈을 향해 달려가는 우리의 청춘

서른둘, 새해를 알리는 구정이 지나고 난 뒤 나의 첫 에세이 『미서부, 같이 가줄래?』가 세상에 나왔다. 소식을 전해 들은 지인들로부터 연락이 왔는데, 축하의 말만큼 많이 들은 이야기가 '대단하다'는 말이었다. 그 말에 나는 종종 "에이, 너만큼 대단하겠어?"라고 답했다. 이는 빈말이 아니었다. 주변을 돌아보니 하고 싶은 일을 좇아서 무언가를 성취해 내고 있는 친구들이 많았다.

1. 가수 H

10년 전쯤 친구 H가 〈보이스 코리아〉라는 오디션 프로

그램에 출연했다. TV에 나오는 그녀를 보며 얼마나 반가웠는지 모른다. 기억력이 좋지 않은 나지만 중학생 때 H가 교실 커튼 뒤에서 노래를 불러주던 기억만은 선명하다. 묵직하면서 깊은 중저음에, 부드럽게 이어지며 마음 한구석을 찡하게 울리는 가성, 잔잔한 파도를 타듯 자연스럽게 일렁이는 바이브레이션까지.

나는 줄곧 그녀가 유명한 가수가 되는 상상을 했다. 고등학교를 졸업한 뒤 다른 분야로 대학을 갔다는 소식을 들었을 때는 내심 아쉬워하기도 했다. 음악을 진로로 택한다는 건 차가운 현실을 수없이 마주해야 하는 일이었을 터. 나는 재능이란 게 없어서 늘 고민이었는데, 재능을 가진 사람에게도 예술의 길은 쉽지 않다는 걸 새삼스레 느꼈다.

그런 H가 오디션 프로에 나왔을 때는 그녀가 아직 음악의 끈을 놓지 않았다는 사실에 괜히 벅차올랐다. 용기 내어 마이크를 잡은 TV 속 H는 근사해 보였다. 자주 연락하는 사이도 아니었지만 나의 SNS에 부지런히 공유하고 주변에 알렸다. 내 친구라고. 이 친구 정말 노래 잘하니 많이 들어달라고 말이다. 아는 사람이 TV에 나왔다고 자랑하고 싶은, 그저 그 정도에 국한된 마음이 아니었다. 진심으로 이 친구가 잘되길 바랐다. 내가 알고 있는 그녀의 능력을 세상 사람들이 모두 알아주었으면 좋겠다고 생각했다.

지금 H는 꽤 든든한 팬층을 확보하고 어엿한 가수로 살고 있다. 그녀가 가수 생활을 시작했다는 사실이 이십 대의 나에게는 희망으로 다가왔다. 스무 살이 넘어서도 무언가 도전해 볼 수 있다고, 오히려 그때가 시작이라고 말해주는 것 같아서.

난 그녀의 앨범이 나올 때마다 마치 나의 일처럼 기뻐하고, 그녀의 공연에 가서는 "팬이에요!", "너무 좋아요!" 따위의 소리를 지르다가 친구들로부터 창피하다는 소리를 듣기도 한다. 친구가 아니었더라도 나는 분명 그녀의 팬이 되었을 것이다. H의 노래를 들을 때 콘택트렌즈만치의 콩깍지도 없다고, 난 자부한다. 이렇게 좋은 노래를 선사하며 많은 이들을 위로하는 그녀가, 노래하는 일을 그만두었더라면 그 얼마나 큰 손실인가.

2. 디자이너 D

친구 D는 학창 시절부터 의류 디자인에 관심이 많았다. 재수 끝에 목표로 하던 학교의 의류 학과에 진학하는 데 성공한 그녀는 대학생 때부터 무척 바빴다. 디자인하고 옷을 만드느라 자주 밤을 새운다는 푸념을 하기도 했다. 그럼에도 D의 눈은 반짝거렸다. 하고 싶은 일에 한 걸음씩 나아가는 과정이 좋았기 때문일 것이다. 하나의 길에 집중하며, 해가 갈수록 발전해 나가는 그녀의 모습이 멋지다고 생각했다.

졸업 후 D는 대기업에 취직했고, 직장인이 되고 난 뒤에도 매번 야근을 하느라 모임에 얼굴을 비추지 못했다. 몸이 남아나긴 할까. 정말 괜찮은 건가. 걱정스러운 마음이 들 때쯤 오랜만에 D가 술자리에 나타났다.

"매일 야근하느라 힘들지 않아?"

나의 질문에 D의 입에서는 예상치 못했던 고민거리가 불쑥 흘러나왔다. 그녀는 아무리 야근을 많이 해도 견딜 만하다고 했다. 놀라울 만큼 씩씩한 대답이었다. 하지만 디자이

너임에도 불구하고 자신이 진정으로 원하는 옷을 만들지 못한다는 사실은 자꾸만 다른 생각을 품게 한다고 했다. D는 기능성 아웃도어를 만드는 스포츠 브랜드의 디자이너였다. 여성복을 만들고 싶어 했던 그녀의 바람과는 조금 다른 경로였던 것이다. 정류장이 모두 정해져 있는 열차의 노선처럼 방황할 일이 없어 보이던 D의 여정에도 환승이 필요해 보였다.

결국 그녀는 그곳에서의 경험을 살려 자신만의 브랜드를 만들었다. 기능성 아웃도어는 말 그대로 기능은 좋지만 예쁘기까지는 쉽지 않다. '그럼 기능성 소재를 사용해서 예쁜 옷을 만들면 어떨까?'라고 생각한 게 그녀의 브랜드 창업 아이디어였다.

D는 이제 패셔너블하면서도 아웃도어처럼 편안한 여성복을 만든다. 가령 커피를 흘려도 톡톡 털어내면 그만인 블라우스라든지, 가벼우면서도 무려 물세탁이 가능한 가죽 재킷 같은 옷들 말이다. D가 온 애정을 쏟아서 빚어낸 옷들은 마치 그녀의 분신 같다. 실로 그녀스럽고, 그녀답고, 그녀 같다. 자신에게 꼭 맞는 옷을 입은 D의 모습에서는 자부

심이 느껴진다. 자신이 무엇을 원하는지 또렷하게 아는 것, 그리고 비록 돌아가는 길일지라도 그 방향으로 나아가보는 게 얼마나 중요한 일인지 D를 보며 깨닫는다.

대기업이라는 단단하고도 안정적인 이글루를 제 손으로 깨고 나온 그녀는 종종 이야기한다.

"얘들아, 월급쟁이가 최고야!"

하지만 그녀가 힘들어도 다시 회사로 돌아가지 못하는 이유는 하고 싶은 일을 놓치기 싫은 마음 때문일 것이다. 한 번 부모님 집에서 독립하면 다시 들어가기 싫고, 이미 자신만의 그림을 그리는 맛을 깨우친 사람이 입시 미술을 하기 어려운 것처럼 말이다.

이렇듯 내 주변에는 무언가를 새롭게 도전해 나가는 사람들이 많다. 이과 출신의 뮤지컬 배우, 제약 연구원 출신의 방송 댄스 강사, 평범한 직장인이자 와인바 사장, 화학 연구원이자 작가인 나까지.

우리는 모두 어디를 향해 달려가고 있을까? 그 끝은 알 수 없지만 중요한 건 우리가 무언가에 도전하고 있다는 사실, 그 자체일 것이다.

도전이란 다소 불편한 일이다. 야심차게 시작한다 해도 그 길을 지속해 나가는 건 더 크고 어려운 문제다. 하지만 나는 지금이, 우리의 청춘이 분수처럼 하늘로 뿜어져 나가기 가장 좋은 때라고 생각한다.

남들의 기대에 부응하며 10대, 20대를 지나온 내가 30대가 되어 진정한 꿈을 찾았다. 찬란하게 빛나는 우리의 청춘이 포기를 모르길. 벽에 부딪히고 좌절하더라도 찬찬히 원하는 것들을 찾아가길 바라본다.

대학원생의 눈물

한 대학교의 '공학 실험동'이라는 건물에서 일한 적 있다. 이름 그대로 공대 소속의 실험실이 모여 있는 건물이다.

하루는 양치하러 화장실에 갔다가 칸 안에서 한 여자의 인기척을 들었다. 소리가 새어 나갈까 봐 애써 숨을 죽이는 듯했지만, 그녀의 설움은 속수무책으로 입술 밖을 비집고 나왔다. 알지, 저 기분. 정말 잘 알지. 생각하며 빠르고 격하게 양치질을 했다. 그녀의 소리가 묻힐 정도로 요란하게 수도꼭지를 틀고 입을 헹군 뒤 후다닥 화장실을 빠져나왔다. 잠시라도 마음껏 울라는 나의 응원 같은 거였는데 전달이 되었을는지. 한 시간 뒤쯤 다시 화장실에 갔는데 여전히 코를 훌쩍이는 소리가 들려왔다. 없는 오지랖이라도 끌어 모아서 등을 토닥여주고 싶었다.

영화나 드라마에서 클리셰로 쓰일 만큼 익숙한 장면이다. 보통은 사회 생활을 하는 직장인들이 변기 위에 앉아서 힘든 마음을 쏟아내곤 한다. 이 상황도 별반 다를 게 없다. 대학원생은 얼핏 보면 학생 같지만 실제로는 학생과 사회인 사이의 어딘가에 있다. 언제 날 수 있을지 모르는 비행기를 기다리며 환승역에 대기 중인 여행자와 같다. 나 역시 대학원생 신분일 때는 하루하루가 불안하고 울적하고 막막했다. 여자의 울음소리가 마음속에 잔상처럼 머물며, 그 위에 나의 고단했던 대학원생 시절이 겹쳐졌다.

아침 9시. 철컥, 차가운 쇠문의 손잡이를 당겨서 연다. 주유소에서 차창을 연 듯 석유 비스무리한 냄새가 콧구멍을 훅 찔러온다. 까맣고 거칠거칠한 실험대와 그 위에 서있는 하얀 선반들. 실험대 위엔 나를 포함한 몇몇 사람들이 전날 밤늦게까지 실험하다가 놓고 간 삼각플라스크, 스포이트, 메스실린더 등이 널브러져 있다. 선반은 과연 흰색이 맞는지 의심스러울 정도로 먼지가 수북하다. 휴지로 대충 쓰윽, 닦아낸 뒤 의자에 위태롭게 걸려있는 얼룩덜룩한 실험복을 걸쳐 입고, 파란색 라텍스 글러브를 손에 낀 채 어제 읽던 논문을 펼쳐 한 번 더 훑는다. 실험 내용이 머릿속에 정리되면 시약장을 열어 오늘 실험할 시약 몇 개를 꺼낸다. 그렇게 똑같은 하루가 시작된다.

대학원생들은 흔히 자신을 '노예'라 칭하곤 한다. 그도 그럴 것이, 등록금과 맞바꾼 노동력을 시곗바늘의 위치나 달력의 빨간 숫자와 관계없이 무한히 제공해야 한다. 게다가 실험이라는 것은 원하는 결과가 제 때 나오는 경우는 드물어서, 아무리 열심히 연구해도 항상 교수님 앞에선 죄인이 될 수밖에 없다.

"교수님, 이 논문도 참고하고 저 논문도 참고해 보았는데 다음 단계로 진행이 잘 안 됩니다. 다음 주엔 이런 방식으로 진행해서 꼭 성공시켜보도록 하겠습니다."

매주 금요일 진행되는 미팅 시간마다 나는 바닥에 붙어버릴 기세로 쪼그라든다. 차라리 파리가 손 비비는 소리가 내 목소리보다 클지도.

미팅이 끝난 뒤 터덜터덜, 다시 그 차가운 쇠문의 손잡이를 연다. 그 안에서 풍겨오는 실험실의 공기가 참으로 역겹다. '이 굴레는 언제쯤 벗어날 수 있을까. 논문은 고사하고 졸업이나 할 수 있을까? 취직은 또 어쩌지.' 온갖 비관적인 말들을 떠올리며 다시 실험을 시작한다. 그런데 실험이란 게 참 신기한 존재라서, 종종 연구자의 마음이 반영되곤 한다. 검은 마음을 가지고 진행한 실험은 플라스크 안에까지 그 오염 물질이 전달된다. 그렇기에 억지로라도 마음을 고쳐먹어야만 한다.

실험실 구성원들과 온종일 부대끼는 것도 쉽지 않다. 아무리 친한 친구여도 같이 살면 의가 상한다는 말이 있듯, 서로 볼꼴 못 볼꼴 다 봐가며 하루 열두 시간 이상 함께 지내다 보면 마찰이 생길 수밖에 없다.

특히 대학원생의 일상은 너무도 지루하고, 공간은 좁아터졌으며, 스트레스 지수는 떨어질 날이 없고, 늘상 피곤하고 예민하다. 다른 취미 생활을 할 만한 돈, 시간, 마음의 여유가 없으니 웬만한 건 실험실 안에서 모두 해결한다.

실험실의 몇몇 선배들은 따분한 일상 속에서 나를 놀리는 게 하나의 낙이 되어버렸다. 시간이 갈수록 강도는 더 거세졌고, 놀림은 괴롭힘에 가까워졌다. 가끔 못 견디고 울음을 터트리는 날에는 나를 이상한 사람으로 몰아가기도 했다. 그들을 미워하다가도, 이따금 그들에게 의지하는 나날이 반복되었다. 정말로 내가 이상한 사람이 된 것만 같았다. 실험실에서 지낸 나날들을 떠올려보면, 어떤 방면으로든 확실히 제정신은 아니었다.

학위가 많이 흔해진 세상이다. 돈만 투자하면 학위를 딸 수 있다는 말도 종종 듣는다. 나 역시 석사 학위를 딱히 자랑스러워해 본 적 없다. 학위가 나의 살림살이에 별 도움이 되지도 않았을 뿐더러, 당시엔 온 영혼을 끌어 모아서 했던 연구들이 지금은 기억조차 잘 나지 않는다.

아무리 그래도 한 가지 자랑스러운 게 있다. 사회 생활보다 힘들면서도 보상이랄 것조차 없는 그 3년을 잘 버텨냈다는 사실. 그때 흘린 눈물과 마신 술만 모아도 바다를 이룰 테지만 그런 상황에서도 결국 끝까지 해낸 나는 졸업을 했다. 다시 돌아가라면 절대 못 할 일이다. 그저 그때의 내가 대견할 뿐.

그때로부터 꽤 오랜 시간이 지났고, 이제 그 시절은 많이 흐릿해졌다. 석사 학위를 단 나는 이렇게나 볼품없는 전공자가 되어버렸다. 그럼에도 고군분투하고 있는 대학원생들을 마주할 때면 왠지 모를 용기를 얻게 된다. 나는 그 시절을 견뎌낸 사람이니까.

그날 화장실 칸에서 그녀가 왜 울었는지는 끝내 알 수 없었다. 이후에도 나는 화장실에서 학생들의 우는 소리를 종종 마주했다. 그럴 때마다 다가가 말해주고 싶었다. 당신은 지금 대단한 일을 하고 있고, 대단한 시간을 버티고 있다고.

나는 이 세상의 모든 대학원생들을 존경한다고 말이다.

나에게 술은,
승모근 마사지였다

나의 단짝 술친구, 봄에게.

봄아. 우리가 만난 다음 날 나는 온종일 숙취에 시달렸어. 너는 10년 전과 주량이 똑같은 것 같은데, 나는 그새 반 토막이 나버린 것 같아. 한때는 하루가 멀다 하고 술을 마셔대던 내가 어쩌다 이렇게 된 걸까. 그래도 너와의 술자리는 늘 즐겁다. 그 어느 것과도 바꿀 수 없을 만큼 말이야.

봄이 너는 기억력이 좋으니 다 기억할 거야. 나의 술 역사를. 물론 지우고 싶은 기억도 많지만, 그보다는 좋은 기억이 더 많다고 자신할 수 있어. 나에게 있어 술은 승모근 마사지 같은 존재였지. 긴장과 정신력으로 똘똘 뭉쳐서 꼿꼿하던 나의 근육들도 술을 만나면 흐물흐물 풀려버리곤 했어. 침대에 누우면 이런저런 생각에 잠 못 들던 나의 뇌도 술을 만난 날이면 스르륵, 미련 없이 퇴근하곤 했고. 스트레스 푸는 법을 잘 몰랐던 나. 슬픔을 감당하는 법을 잘 몰랐던 나. 맘 편히 고삐 푸는 법을 잘 몰랐던 나. 그 방법들을 알려준 게 바로 술이었지.

아이러니하게도 언제부턴가는 술을 많이 마시기 위해 일부러 더 긴장하기에 이르렀어. 풀어진 상태로 술을 마시다 보면 금방 취해버렸으니까. 술자리에서 최대한 늦게까지 버티다가 통금 직전에 겨우 집에 도착하거나, 통금 이후에 귀가해서 부모님께 혼나는 날도 많았어. 그럴 만큼 젊었고, 어린 만큼 미련했던 것 같아. 술과 거리를 둬야겠다 여러 번 다짐도 했지만 실천은 못 했지. 내가 망가져 가는 줄도 모른 채. 힘들어도 술을 찾고, 행복해도 술을 찾고, 심심해도 술을 찾고, 바빠도 술을 찾고, 잠이 안 와도 술을 찾고, 아파도 술을 찾고, 배고파도 술을 찾고, 아무 이유가 없어도 술을 찾곤 했어.

봄아. 대학원에 다니던 이십 대 중반의 내가 어땠는지 알지? 그쯤부터 "나 지금 혼자 술 마시고 있어."라고 말하는 날이 급격하게 늘어났지. 왜, 정말 힘들 때는 사람들에게 마음을 털어놓는 것 자체가 버겁다고 느껴지기도 하잖아. 그런데 혼자 있으면 아무 말 하지 않아도 괜찮으니까. 술은 아무 대화 없이도 나를 위로하니까. 그래서 그랬던 거였어. 매일 같이 혼자 술을 마셨던 게.

부모님은 술과 가까이 지내는 나를 늘 걱정하셨어. 나는 술 마시는 걸 부모님께 들키지 않으려 별의별 방법을 다 썼지. 특히 내가 가장 많이 쓰던 수법은 이거였어. 퇴근길에 편의점에 들러 맥주를 사고 가방 안에 꼭꼭 숨기기. 집에 도착하자마자 가방을 방에 던져두고 부모님께 인사드린 뒤 샤워하기. 방에 들어와서 문 꽉 닫고 몰래 술 마시기.

맥주 캔은 딸 때 꼭 요란한 소리를 내잖아. '타악! 딸깍, 치이이이익-' 같은 소리. 그 소리가 방 밖으로 새어 나가면 부모님께 들켜버릴 테니, 난 그와 동시에 음악 볼륨을 한껏 올리곤 했어. 얼굴이 불콰해질 때까지 혼자 술을 마시고 나면 마음이 조금 편안해졌어. 다음날 일어나면 머리가 지끈거렸지만 그렇게 정신없이 하루를 시작하는 게 차라리 낫다고 생각했어. 밤에 눈 감기 전 지난 하루를 돌아보고, 아침에 눈 뜨면서 하루를 그려보는 일이 그리 달갑지 않았거든. 빈 깡통들을 다시 가방에 숨기고 집을 나서서는, 분리수거통에 버린 뒤 학교로 향했지.

내가 술에 강하게 의존하고 있다는 사실은 그때부터 이미 알고 있었어. 너에게 "술 좀 끊어야 하는데."라는 말을 한 지 몇 분도 지나지 않아서, "그래도 오늘은 나 너무 힘들어서 안 되겠어. 만나서 한 잔 어때?"를 외치거나, "오늘도 집에 술을 사 와버렸어."라고 고백하곤 했으니까. 그러다 정말 이대로는 안 되겠다고 결심하게 된 두 가지 사건이 있었어. 내가 술에게 완전히 잡아먹히고 있다는 걸 깨닫게 됐거든.

어느 평범한 주말이었지. 온종일 집에서 쉬고 있었어. 그런데 저녁 즈음 되니까 또다시 술 생각이 나는 거야. 분명 평일에 몇 번이나 마셨는데 말이야.

"잠깐만 나갔다 올게요!"

어디 가냐는 엄마의 물음에 대충 얼버무리고는 편의점으로 향했어. 〈네 캔 만 원〉 글자 앞에 서서는 초록색, 초코색, 노란색 등의 캔을 집었다 내려놨다, 고심해서 맥주를 골랐지. 검은 봉다리에 몸을 숨긴 묵직한 맥주를 들고 신나게 집으로 향하던 길, 어이쿠야. 나는 발목을 접질리며 길바닥에 넘어지고 말았어. 네가 내 모습을 직접 보았다면 우스꽝스러우면서도 짠하다고 생각했을 거야. 내팽개쳐진 봉지에서 데구르르 삐져나온 맥주 캔들을 보며 왜 그리도 나 자신이 한심해 보이던지.

아스팔트 바닥을 뒹구는 짜부라진 맥주 캔을 주섬주섬 주워서는 터덜터덜 집으로 돌아갔어. 무릎이 까지고 발목은 부었더라고. 그 덕에 한참 동안 물리치료를 받으러 다녀야 했어. 절뚝거리면서 병원에 갈 때마다 헛웃음이 나오더라. 주말에 구태여 술을 사겠다고 밖에 나갔다가 자빠진 내 모습이 자꾸 생각나서. 에휴, 창피해서 이걸 누구한테 말하겠니? 너니까 그나마 털어놓는 거지.

그 뒤로 술과 거리를 두려 많이 노력했어. 이미 너무나도 가까워져 버려서 쉽지 않았지만 그래도 애썼어. 특히 혼자서 마시는 것만큼은 자제하자고 마음을 굳게 먹었지. 그러던 어느 날, 정말이지 말로 표현할 수 없을 만큼 괴롭고 힘들었던 어떤 날. 퇴근길에 편의점 앞에 서서 술을 살까 말까 한참을 서성거리다 꾹 참고 집에 들어왔어.

그런데 12시가 지나고 새벽이 찾아왔는데도 술 생각이 머리를 떠나지 않는 거야. 부모님이 주무시는데 나갔다 올 수도 없는 노릇이고. 침대에 누워서 잠을 청해보았지만 역시나 실패했지. 결국 나는 주방을 뒤지기 시작했어. 조미료 선반 안에 엄마가 요리할 때 쓰려고 사두신 초록색 소주병이 하나 보이더라. 냉장고에 있는 멸치볶음을 꺼내서 방으로 들어갔어.

멸치볶음 한입, 소주 한 잔.

멸치볶음 한입, 소주 한 잔.

으… 정말 쓰더라.

집에서 혼자 맥주를 마신 적은 많았지만, 소주를 마신 건 처음이었거든. 그것도 엄마가 요리용으로 사두신 걸 악착같이 찾아내서 마시고 있는 내 모습이 어찌나 딱하고도 한

심하던지. 게다가 그 소주는 왜 그리 유난히 씁쓸하던지. 반 병 정도를 마시고 한숨을 푸욱 쉬었어. 다시는 이런 짓 하지 말자고 다짐했지. 아무리 술이 좋아도, 제발 이렇게 추해지지는 말자고. 술이 나의 의지를 잠식해 버린 듯한 그 상황에 나도 많이 충격 받았던 것 같아.

사실, 한심이고 뭐고를 다 떠나서 내 몸도 슬슬 술을 거부하기 시작했어. 이제는 지쳤다는 거야. 술을 조금만 마셔도 장기들이 며칠이고 시위를 하더라고. 순간의 달콤함을 택한 죄로 한동안은 100%의 나로 살지 못하니, 이건 정말 수지 타산에 안 맞는 게 아닌가, 싶었지.

결국 술을 줄이기 시작했고 오랜 관리 끝에 지금 나의 건강은 제법 좋아졌어. 그 덕에 가끔이나마 너와 다시 술을 마실 수 있게 되었네. 월례행사처럼 꼬박꼬박 만나서 신나게 술을 마시고 온갖 스트레스를 다 타파해버리던 옛날과는 달라졌지만, 지금은 이 정도만이라도 감사하다고 생각하고 있어. 가끔 "평생 마실 술을 20대에 다 마셔버렸나 봐."라는 농담을 던지곤 하는데 정말 그런 것 같아.

봄아, 그래도 너는 날 이해할 거야. 누가 뭐래도 난 여전히 술이 좋다. 나의 육체 건강에 안 좋은 영향을 주긴 했지만 술을 원망해 본 적은 없어. 마음이 힘든 시간들을 견디게 해 주었으니까. 철딱서니 없는 말이지만, 지금도 내 몸만 따라준다면 종종 술을 즐기고 싶은 심정이야. 사람들이 말하잖아. 세상에 담배를 완전히 끊는 사람은 없다고. 그저 평생 참는 것뿐이라고. 나는 담배를 피워본 적은 없지만 술에 있어서 비슷한 마음인 것 같아. 평생 절제해야만 하는 존재처럼 느껴진달까.

봄아. 모든 관계가 그런가 봐. 너무 가까워져 버리면 독이 되어버리더라. 약간의 거리가 있어야 서로에게 더 유익하더라구. 그러니 앞으로도 꾀꾀로 술을 찾으려고. 아무 생각 없이 멍청해지고 싶을 때, 느끼한 음식을 먹을 때, 무언가를 특별하게 기념하고 싶을 때. 뭐, 그럴 때 슬그머니 말이야.

봄아. 이건 내 개인적인 생각인데, 슬프고 힘들 때 먹는 술이 가장 위험한 것 같아. 우리 앞으로도 건강하게 적당히 마시고 즐기자. 나는 사람이 평생 마실 수 있는 술의 양이 정해져 있다고 가정해두고, 남은 몇십 년 동안 야금야금 나

눠마셔 보려고 해. 그래야 우리가 할머니 되어도 같이 국밥 먹으면서 반주 한잔 기울일 수 있지 않겠어? 나는 꼭 그러고 싶어. 봄이 너도 그날을 위해 같이 협조해 주지 않을래? 술에 잡아먹히지 말고, 현명하게 마실 줄 아는 어른이 되자구. 우리 꼭 건강하게 살자.

P.S. 오늘도 나는 무사히 술을 참았어. 맞아, 이거 자랑이야.

어쩌다, 대인기피증

초등학생 때부터 회장감은 아니었지만 부회장이나 부반장은 줄곧 해왔다. 친구가 많아서 고민한 적은 있으나 친구가 없어서 고민해 본 기억은 별로 없다. 전형적인 사교형 인간. 새로운 친구를 사귀고 놀고 지지고 볶고 절교도 해보고, 잠시 외톨이가 되었다가도 금세 또 다른 친구를 사귀는 일을 반복하며 학창 시절을 보냈다.

20대가 되어서도 크게 달라진 건 없었다. 대학생이 되고 학과 생활을 열심히 하다 보니 웬만한 선후배는 다 알고 두루두루 친하게 지냈다. 항상 주변을 챙기느라 바빴다. 그게 내 몫이라고 생각했다.

그러다 첫 직장 생활을 시작하고 나서는, 일이 너무 고단한 나머지 주변을 못 챙기기 시작했다. 챙기기는커녕 시간 내서 만나는 일조차도 버겁다고 느꼈다. 그런 나를 보고 변했다며 섭섭해 하는 친구들도 많았다. 내 몫을 못 하고 있으니 그럴 만도 했다. 자기계발서의 뻔한 예시처럼 나이가 들어갈수록 인맥은 하나둘 정리되었고, 결혼을 한 뒤로는 더더욱 사람을 만나지 않게 되었다. 아무리 그래도 그렇지, 요즘 내 모습을 보고 있자면 해도 너무 하는 게 아닌가 싶다. 사람이 어쩜 이렇게 극과 극으로 변할 수 있는 건지?

집에 붙어있는 시간이 별로 없던 나. 달력이 약속들로 빽빽하던 나. 걱정하는 엄마의 눈망울은 무시하고, 안 좋은 몸을 이끌고서라도 매일 친구들을 만나러 가던 나. '땡칠이의 생일입니다.' 문구가 뜨기도 전에 미리 선물을 준비하기 바빴던 나.

지금은 그저, 집에만 처박혀서 글 쓰는 게 최고의 행복인 사람이 되어버렸다. 매년 12월 31일마다 휴대폰에 코 박고

쓰던 새해 메시지마저 이제는 답장만 겨우 보낸 채 지나가곤 한다. 만나자는 친구들의 말에도 요리조리 대답만 피해 다니는 이상한 상황. 난 언제 이렇게까지 다른 사람으로 변해버린 걸까.

지극히 외향적인 사람에서 지극히 내성적인 사람으로.

"착해야 한다는 강박이 남아있어서 그런 거예요."

정신건강의학과 선생님이 말씀하셨다.

"네…? 에이, 선생님. 있잖아요. 저 하나도 안 착해요. 사실 최근 몇 년 동안에는요. 제가 한때 착한 아이 콤플렉스가 있었다는 사실이 믿기지 않을 만큼, 사람이 엄청 이기적으로 변했거든요. 부모님께 반항도 심하게 하고. 막 소리를 지르기도 했구요. 게다가 옛날에는 친구들한테 맞추려는 노력도 많이 했었는데, 요즘은 저랑 맞지 않는 친구들은 만나지도 않게 됐어요. 그래서 지금은 저와 잘 맞는 최소한의 친구들만 만나려고 하는 건데도… 그게 너무 힘들어요."

"그러니까, 바로 그거예요. 지금까지 가족을 만나든 친구를 만나든 본인도 모르게 상대에게 맞춰주려는 경향이 있었을 거예요. 상대를 챙겨야 한다는 책임감도 있었을 거고요. 본인은 그게 워낙 자연스러워져서 잘 모르겠지만, 사실 마음은 그걸 힘들다고 느껴온 거죠. 이제 그만하고 싶은데 어떻게 그만하는 건지 방법은 또 모르겠고. 지금 그 과도기에 있기 때문에 행동이 극단적으로 튀어나오는 거예요. 반항을 한다든지, 상대방을 아예 안 만나버린다든지 하면서요. 하지만 어떻게든 터트리고 있다는 게 큰 발전이에요. 잘하고 있어요. 아마 이 과도기가 지나면 좀 더 부드럽게 다듬어질 거예요."

당시 에세이 공모전 준비로 한 달 동안 사람을 거의 만나지 않고 있었다. 공모전이 끝나고 여유가 생기자 그동안 미뤄온 약속들이 한꺼번에 들이닥쳤다. 몇 주간의 일정을 반 정도 소화했을 때였다. 나는 분명히 이 시간들을 즐기고 있다고 생각했는데, 캘린더를 쳐다보다가 나도 모르게 울음이 터져버렸다.

적어도 며칠은 나만의 시간이 필요한데, 그러지 못하고 계속 밖으로 나가야 하는 상황이 많이 버거웠나 보다. 이제는 이렇게 잦은 만남을 감당하기 힘든 사람이 되어버렸다.

아무리 그래도 예전에는 하루도 참지 못하고 밖으로 나가던 나인데. 눈물까지 날 정도로 힘겨워하는 나 자신이 너무 낯설게 느껴졌다. 하지만 선생님과의 대화를 통해, 내게 찾아온 변화를 조금은 이해할 수 있게 되었다.

그 뒤로는 일주일에 한 번 이상 약속을 잡지 않는다. 그러고 나니 좋은 컨디션으로 그 순간을 만끽하고, 또 관계에 더욱 집중할 수 있게 되었다. 그 외의 시간에는 최대한 나 자신과 마주하려 한다. 가만히 있는 걸 견디지 못하고, 사람들을 만나는 데 모든 감정과 돈과 시간을 투자하고, 타인에게 강하게 의지하려 할 때마다 엄마가 했던 잔소리를 늦게서야 곱씹게 되었다. 타인이 너의 삶을 책임질 수는 없는 거라고. 바깥에서만 답을 찾으려 하다간 자신의 내면을 돌아볼 수 없다고. 그러다 꼭 탈이 나게 되어있다고.

나는 이미 나쁜 아이가 되었다. 하지만 착한 아이에서 벗어나는 법은 나쁜 아이가 되는 게 아니었다. 내 속에 뿌리 박혀있는 착한 아이를 잘 파악하는 것에서 시작되는 것이었다. 내 안의 아이가 왜 그리 지쳤는지 좀 더 이해해보고 잘 달래 보려 한다. 결국 지금 내게 집 밖이 위험한 이유는, 여전히 자신과의 대화가 부족해서, 라는 것이 나의 결론이다.

현실 남매가 뭐예요?

“제발 좀 고만해라 얘들아! 내가 낳은 자식 둘이서 치고받고 싸우는 거 그만 보고 싶다!”

아파트 앞에서 다투고 있는 꼬마 남매를 향해 한 엄마가 꽥 소리를 질렀다. 이제 정말 지겹다는 표정을 짓고 계셨다. 그 모습을 지켜보다 나도 모르게 웃음이 나왔다. 요즘 흔히들 말하는 ‘현실 남매’의 모습이 딱 저런 거겠구나, 싶어서.

내가 마주친 꼬마들과는 다르게, 유년 시절 세 살 터울의 오빠와 나는 우애가 좋았다. 내가 네다섯 살 때 즈음이었나.

오빠는 엄마에게 50원씩 받은 용돈을 구슬 모으듯 소중히 모았다. 그리고는 내 생일날 직접 슈퍼마켓에 가서 배트맨바를 사 왔다. 본인 손도 작으면서, 나름 오빠 노릇을 하겠다며 그 아이스크림을 손수 들고 한입씩 먹여주었다. 손이 아이스크림 범벅이 될 때까지 꿋꿋이 막대를 들고 있던 오빠. 그런 다정한 장면은 우리 사이에 종종 연출되었던 걸로 기억한다.

그 시절의 우린 과천에 살았고, 집 근처의 서울랜드에서는 밤 9시마다 레이저쇼를 했다. 우리는 매일 시계를 뚫어지게 쳐다보다가 8시 59분이 되면 손을 잡고 함께 베란다로 뛰쳐나갔다.

"이야, 시작했다!"

까만 밤하늘 위로 쭉쭉 뻗으며 춤을 추는 연두색 빛줄기는 집 근처까지 힘차게 닿았다. 우리는 집에서 매일 공짜 공연을 보며 추억을 쌓았다. 비록 아파트에 가려서 레이저의 꼭지 부분밖에 보지 못했지만, 꼬마 남매의 하루를 마무리할 특별한 이벤트가 되기엔 충분했다.

그랬던 우리 사이에도 균열이 생기기 시작했으니, 바로 오빠의 사춘기 시절부터였다. 오빠의 질풍노도는 확실히 질 나쁜 종류는 아니었다. 예컨대 시험 기간인데 내신 공부는 하지 않고 오히려 학교가 일찍 끝나서 좋다며 온갖 책을 쌓아두고 읽는다든지, 힙합에 푹 빠져서는 용돈을 투엑스라지 사이즈는 될 법한 옷을 사는 데에 죄다 써버린다든지, 또 그놈의 힙합 음악을 온종일 최대 볼륨으로 틀어놓는 바람에 식구들을 소음공해에 시달리게 만든다든지, 망한 비디오 가게에서 매일 비디오나 DVD 따위를 사 와서 집구석에 모아들인다든지, 고등학생 때는 갑자기 무역인지 사업인지를 해보겠다며 아빠에게 돈을 투자해달라고 한다든지 (오빠는 그때 『설득의 심리학』이라는 책을 열심히 읽고 그럴듯하게 아빠를 설득해 보았으나 실패했다) 하는, 나로서는 상상을 초월하는 것들이었다.

우리 집 분위기는 전형적이었다. 부모님이 강조하는 덕목 중에는 성실함이 제일이었고, 자식들이 그저 보편적으로 사는 게 당신들의 바람이었다. 그런데 당시의 오빠는 엉뚱했을 뿐만 아니라 게을러서 자주 늦잠을 자고 지각을 했다.

때문에 부모님의 속은 말이 아니었다.

그날도 지각하게 생긴 오빠를 겨우 깨워서, 함께 아빠 차를 타고 학교에 가고 있었다. 평소 동안童顔으로 명성이 자자했던 젊디젊은 아빠의 뒷모습에서 나는 흰머리 집단을 발견했다. 전에는 잘 보이지 않던 흰머리들이 검정 머리카락 사이에서 빼꼼 고개를 들고 날 쳐다보고 있었다. 지금 이 글을 쓰고 있는 날까지 다 더해도, 그때처럼 갑자기 늙어버린 아빠의 모습을 본 적이 없다. 그 순간에도 옆자리에 앉아있던 오빠는 세상모른 채 쿨쿨 자고 있었더랬다. 난 절대 오빠처럼 살지 않을 거야. 성실하게 살고, 학교 공부도 열심히 하고, 돈도 안 쓰고, 절대 부모님 속 안 썩일 거야. 나는 뒷좌석에 앉아 주먹을 꾹 쥔 채 눈물을 흘렸다. 그때부터였던 것 같다. 오빠를 많이 미워하기 시작한 게.

오빠에게는 본인만의 세계가 있었다.

"이 길로 가면 돼요.", "왜요?", "이유는 없어요. 그냥 가라는 대로 가면 돼요."와 같은 우리나라의 교육 환경이 그에게는 잘 맞지 않았던 것 같다. 어렸을 때도 오빠는 학원에 보내 놓으면 가는 길에 자꾸 개미니 식물이니 관찰하느라 종종 지각을 했었다고 한다.

오빠는 늘 꿋꿋하게 자신만의 목표를 향해가며 살았다. 아무리 헤맬지언정, 허황된 꿈을 꾼다며 식구들로부터 질타를 받을지언정, 자신의 가치관을 저버리지 않았다. 언제부턴가 오빠는 미국으로 유학을 가고 싶다며 대학교 사진들을 여러 장 뽑아서 방에 도배해 놓았다. 노력 끝에 미국의 대학교에 합격한 그는 스무 살이 넘어 아무 연고도 없는 미국 땅으로 혼자 유학을 떠났다.

오빠가 외로운 유학 생활을 하는 동안에도 우리 가족은 한 번도 그를 보러 가지 못했다. 비용 문제 때문이었다. 국제 전화 한 번 하기도 쉽지 않던 시절이었다. 군 입대로 입국했을 때를 제외하고는 한국에 온 적도 거의 없었다. 엄마는 그리움과 걱정에 자주 눈물을 흘리셨지만 멀리서 응원하는 것밖에는 방법이 없었다. 당시 오빠는 추운 북부 지방에서 겨울을 보내면서도 정신을 깨우기 위해 찬물로 샤워를 했다고 했다. 그 덕이었을까. 그는 우수한 성적으로 경제학에서 수학으로, 또 컴퓨터 공학으로 전공을 세 개씩이나 해

나갔다.

그가 유학 간 지 7년 정도가 지나서야, 식구들 중 처음으로 나에게 미국 갈 기회가 생겼다. 오빠 집에서 겨우 사흘이라는 짧은 시간을 보내고 떠나야 했던 전날 밤, 이런저런 이야기를 나누다가 오빠는 내게 사과를 해왔다. 본인 때문에 희생하게 해서 미안하다고. 고생 많았다고. 매 순간 착실하게 살아온 동생을 북돋아 주었다. "가족이니까 그럴 수도 있는 거지 뭐."라든지, 민망함에 모른 척 지나쳐 버린다든지, 결코 뭉뚱그려서 말하지 않았다. 나는 오빠의 목소리에서 여지없는 진심을 느꼈다.

그간 그에 대한 원망은 끝이 보이지 않는 심해 속에 박혀 있었기에, 내 마음대로 쉬이 꺼내서 사라지게 만들 수 없었다. 하지만 자신의 마음을 진솔하게 표현해 준 오빠의 용기가 나의 바다를 움직였다. 원망의 부표가 서서히 떠올랐고, 형체가 보이기 시작하자 나는 점차 그 감정을 잠재울 수 있게 되었다. 그가 해낸 것들을 동경하는 마음과 그를 그리워하는 마음이 더해져 원망의 모습은 더욱더 흐릿해졌다. 우린 어렸을 적 손을 꼬옥 잡고 다니던 그 우애 좋은 남매로 다시 돌아가게 되었다.

오빠를 정말 미워했던 시절이 있었다. 그가 특이한 사람이라서, 동생인 내가 피해를 보았다고 생각했다. 이제는 앞의 문장을 이렇게 바꾸고 싶다. 그가 특별한 사람이라서, 동생인 내가 도움 받고 있다고.

오빠는 석고 틀로 찍어 낸 작은 그릇에 맞지 않은 사람이었다. 그 틀을 홀로 부지런히 깨 온 오빠를 나는 선망한다. 배움을 게을리 하지 않아 견문이 넓고, 운동을 꾸준히 해서 건강하고, 가족들에게 더 크게 갚으려 노력하고, 조금 오래 걸리더라도 자신의 가치관을 끈기 있게 지켜 나가는 오빠를 본받으려 한다.

언제부턴가 나는 중대한 결정을 할 때마다 꼭 오빠에게 묻는다. 그는 "어떤 책에서 읽었는데…"라는 말로 시작하여 자신만의 통찰력을 담은 조언을 전해준다. 또 그는 종종 엄마처럼 잔소리를 한다. 책 많이 읽어라, 운동 좀 해라, 영어 공부 열심히 해라, 이어폰은 귀에 해로우니 쓰지 말아라, 등등. 그의 잔소리는 유난스럽지만 늘 기분 좋게 받아들이려 한다. 내 인생에 도움이 된다는 걸 아니까.

우리 남매는 똑같은 얼굴로 웃는다. 바보처럼 웃는다. 눈이 손톱 모양이 되도록. 토끼 같은 앞니가 훤히 드러나도록. 으흐흐, 낄낄낄, 하고. 오래도록 다른 환경에 살며 우리 둘은 갈수록 다른 얼굴이 되어가지만, 여전히 웃는 모습만은 똑 닮았다.

알 거 다 알아버린 성인이 어떤 관계에 선불리 '평생'이라는 표현을 쓸 수 있을까. 가족이기에, 그것도 세 살 터울의 남매이기에 과감히 말할 수 있다. 평생 오빠와 닮은 얼굴을 한 채로 웃고 싶다고. 시답잖은 농담도 하고, 고무적인 대화도 하면서.

우린 서로를 엄마의 아들, 아빠의 딸, 태어나 보니 남매, 그런 정도로 생각하지 않는다. 서로를 진심으로 아끼고 격정하고 응원한다. 나에게 그는 없어선 안 될 친구이자 어설픈 스승 같은 존재다. 나의 성장 배경을 누구보다 잘 알고 이해하는 친구. 프로페셔널하다가도 나사 빠진 바보처럼 으흐흐 웃는 스승. 이런 우리를 '비현실 남매'라고 정의해도 괜찮지 않을까.

저마다 다른 소리의 의미

반려견 달콩이를 입양한 뒤로 소리에 더욱 민감해졌다. 종종 1인칭 달콩 시점이 되어 세상의 소리에 귀를 기울여 본다. 토끼같이 쫑긋 서 있는 달콩이의 두 귀가 끼우뚱 끼우뚱 바쁘게 움직이면 어딘가에서 무슨 소리가 들려온다는 뜻이다.

누군가의 발소리, 자동차 브레이크 밟는 소리, 짹짹거리는 새소리, 아이들이 꺄르르 웃는 소리, 바스락 봉지 뜯는 소리, 바람이 낙엽을 데려가는 소리.

이미 우리의 귀에 너무나도 익숙해진 이 소리들은 백색 소음이 아님에도 백색소음처럼, 존재하지만 존재하지 않는 것처럼 우리 곁에 머문다. 세상에는 상상 이상으로 많은 소리가 존재한다는 사실을 달콩이 덕에 새삼 깨닫게 되었다.

더불어 소리는 지극히 상대적이라, 누가 받아들이는지에 따라 그 느낌과 의미가 완전히 달라진다는 것도 알게 되었다. 어떤 소리에 누군가는 두려움을 느끼는 반면, 누군가는 그 소리가 지나갔는지조차 알지 못한다. 또, 나에게는 시끄러운 소리가 누군가에게는 즐거움을 줄 수도 있는 것이다.

나는 유독 소음에 민감하다. 내가 집중해서 보고 있는 경우를 제외하고는 TV 소리조차 싫어한다. 그러나 대부분의 가정집이 거의 매일 TV를 켠다. 마치 태초에 이 집이 탄생할 때 벽이 있고 바닥이 있고 천장이 있는 것처럼. TV도 당연하게 존재하고 당연하게 화면이 켜져 있고 또 당연하게 소리가 흘러나오곤 한다.

결혼 전 부모님과 함께 살 때 우리 집이 그랬다. 아빠는 출근 전, 퇴근 후에 무조건 TV를 켜셨다. 그러다 은퇴하신 뒤로는 거의 온종일 TV를 켜두셨다. 아빠는 클래식 기타를 연주하는 취미를 가지고 있는데, 심지어 기타 연습을 하실 때도 TV는 여전히 웅왕웅왕 소리를 내고 있었다. 그럴 때마다 엄마와 나는 질색을 하며 “제발 하나만 하시라.”고 했지만 아빠는 어떤 상황에서도 TV의 전원은 끄지 않으셨다. 나는 그 소리가 거슬려서 매일 방에 콕 처박혀서는 좀처럼 거실로 나오지 않았다. 왜 그리 시끄러운 걸 좋아하시는지. 납득이 안 갔더랬다.

아빠의 심경을 이해하게 된 건 어느 여름, 시골에 사시는 이모 댁에 놀러 갔을 때였다. 나는 좋은 공기를 마시며 마음을 정화할 요량으로 그 집에 혼자 내려가서 며칠을 보냈다. 이모는 그 근처에서 미용실을 운영하시는데, 직장 때문에 이모부와는 주말부부로 지내고 계시고, 다 큰 아들들도 도시에 살아서 평소에는 혼자 시골집을 지키신다. 이야기는 익히 들어왔다만, 직접 목격한 인기 미용실 사장님의 하루는 무척 고단해 보였다.

퇴근 후 녹초가 된 이모는 매일 맥주 몇 캔을 사서 집으로 돌아오셨다. 거실에서 이모와 시원한 맥주 한 잔에 두런두런 이야기를 나누다 보면 금세 늦은 밤이 찾아왔고, 우리는 곧 각자의 방으로 들어가 하루를 마무리했다. 그렇게 며칠간 이모와 짧지만 정다운 저녁 시간을 보냈다.

그날도 역시 이모와 거실에서 헤어진 뒤 방에 들어가 잠을 청한 밤이었다. 갈증 때문인지 한창 자다 말고 눈이 떠져 버렸다. 물 한 컵 마실 겸 휘적휘적 거실로 나왔는데, 문이 살짝 열려있던 이모 방에서 시끄러운 소리가 흘러나오고 있었다. 그 시각 새벽 세 시.

'내일 출근하셔야 하는데 아직도 안 주무시나?'

이모 방으로 가서 빼꼼 쳐다보니 TV가 큰 소리를 내뿜고 있었다. 스크린의 빛은 끊임없이 형형색색으로 바뀌며 이모가 누워있는 침대를 비추었다. 이모는 아주 깊게 곯아떨어져 있었다. 이렇게 시끄러운데 대체 어떻게 주무시는 거지? TV 앞에서 밥조차 못 먹는 나로서는 정말이지 의아한 광경이었다. 리모컨을 겨우 찾아서 TV를 끄고 나서도 나는 한참 동안 곤히 잠든 이모를 바라보았다. 가만히 그 모습을 보고 있자니 그냥, 왜인지 알 것만 같았다.

그 뒤로도 이모는 주무시기 전 습관처럼 TV를 큰 소리로 틀었다. 그러다 까무룩 잠이 드셨다. 피로한 하루의 끝. 당장이라도 단잠에 들고 싶지만 어둠과 고요함이 먼저 덮쳐오는 시간. 이모는 그 시간을 무탈하게 지나기 위해 TV 전원을 켠다. 볼륨은 온 집안이 울릴 정도로 크게. 그 고요함이 사라지면 이모의 복잡한 마음의 소리는 들리지 않는다. 그제야 피로한 몸은 잠을 부른다.

요즘도 친정집에 가면 안방과 거실 TV 모두에서 소리가 엉켜서 흘러나올 때가 있다. 이제는 안다. 아빠는 그저 고요한 공기를 잘 못 견디시는 거라는 걸. 은퇴한 아버지들은 유독 공허함과 쓸쓸함을 자주 느끼시곤 하지 않는가. 아빠는 그런 감정들을 TV 소음으로 묻어버리는 경향이 있었다.

나는 여전히 TV 소리를 싫어하지만, 어른들이 TV를 큰 소리로 틀어두는 이유를 이제는 이해할 수 있게 되었다. 이처럼 소리란 모두에게 다르게 받아들여진다. 그것이 누군가에게는 소음일지라도, 누군가에게는 소란스러운 마음을 묻어버리는 방법이 될지도 모르겠다.

묵혀두니 다시 차오르는 것

단풍잎들은 바닥에 떨어져 바스락거리고, 한기가 목울대를 지나 가슴까지 파고들어 발걸음을 재촉하게 만들던 계절. 석사 과정을 밟고 있던 스물네 살 막바지의 나에게 지도교수님은 깜짝 놀랄만한 제안을 하나 하셨다. 미국 중북부 미시간 주의 미시간 대학교에서 짧게 연구할 수 있는 기회가 생겼다는 거였다. 대신 당장 한 달 뒤에 가야 한단다. 그 사이에 집도 구하고 비자도 받고 당시 진행하고 있던 연구까지 마무리해야 했다. 준비가 쉽진 않겠지만 비행기 표, 집 월세, 소정의 생활비를 지원해 주신다고 했다. 워낙 갑작스러운 제안이었기에 예의상 십 초 정도는 고민했던 것 같다.

"저… 갈게요. 무조건 가겠습니다. 교수님, 감사합니다. 정말 감사합니다. 부지런히 준비할게요."

몇 번이나 꾸벅 인사를 드리며 교수실을 나왔다. 미국 땅을 한 번 밟아보는 건 당시 나의 소원이었더랬다. 흥분에 차올라 얼굴이 뜨거워지는 게 느껴졌다. 부모님께, 또 미국에 있는 오빠에게 서둘러 이 사실을 알렸다.

11월, 12월, 1월. 시간은 딱 석 달밖에 없는데 나는 마치 네 가지 맛이 들어간 피자 한 판 중에 한 조각밖에 먹지 못하는 불운한 사람처럼, 미시간의 가을이나 봄의 살랑거리는 치마 끝자락조차 구경하지 못한 채 겨울, 딱 겨울밖에 보지 못하고 돌아와야 하는 운명이었다.

분주하게 미국 갈 준비를 할 무렵 내가 여러 사람으로부터 미시간에 대해 들은 정보들은 거의 하나로 수렴했다. 춥다, 춥다, 춥다… 혹독하게도 춥단다. 게다가 눈이 억수로 많이 온단다. 미시간은 캐나다와 꽤 가까운 위치에 있었기에 여러 매체에서 접해본 캐나다의 겨울을 상상하다 보면 어느 정도 감이 잡혔다.

하지만 그때 내 나이 20대 중반. 아직은 불편함보다는 멋이 더욱 중요했던 때였기에 겨울 짐을 싸면서도 내 고민의 무게 중심은 멋으로 기울었다. 최소한의 짐으로, 예쁘면서도 동시에 따듯한. 아니, 사실 예쁘면서 따듯하기까지는 쉽지 않았기에 적어도 얼어 죽지 않을 만큼의 옷들을 캐리어에 챙겼다.

바삐 준비하는 사이 출국 날짜는 성큼 다가왔고, 얼음 동네를 걱정하던 엄마는 어느 날 급히 아웃렛에 가서 검은색 롱패딩을 사 오셨다. 표준 규격이라고 해도 무리가 없을 만큼 무난한 패딩이었으나, 나름대로 복슬복슬한 갈색 털이 달린 모자와 허리끈도 달려있었다.

"너 제대로 된 패딩 하나도 없잖아. 세일하길래 얼른 사 왔어."

예정에 없던 지출을 하게 된 엄마에게 죄송해서, 뭐하러 사 오셨냐고 걱정스레 말했다. 하지만 막상 걸쳐보니 내 몸을 꼬옥 안아주는 듯한 그 느낌이 든든했다. 새 옷을 입고 있자니 조금씩 실감이 났다. 드디어 미국 땅을 밟아보겠구나, 하고. 애틋하게 나를 바라보던 엄마를 세게 안아주었다. 엄마는 그 추운 곳에 가는데 더 좋은 옷을 사주지 못해서 미안하다고 하셨다.

"엄마. 지금 엄마가 사주신 패딩이 내 목숨을 구해줄지도 모를 일이에요."

결국 나는 미시간에서 3개월 내내 그 패딩만 입고 다녔다. 그 옷이 없었다면 거기에서 당장 뭐라도 사서 입었어야 했을 만큼, 그 명성이 전혀 아깝지 않을 만큼 정말이지 추웠다. 유독 추운 날에는 살이 조금이라도 삐져나온 부분에 동상이 걸리지 않을까 걱정이 될 정도로, 그 정도로 미시간은 추웠다.

엄마가 나를 살려준 게 분명해지면서 나에게 그 패딩은 보통의 패딩을 넘어서게 되었다. 좋은 브랜드의 비싼 패딩은 아니지만 미시간의 강력한 추위를 견디게 해 준 대단한 옷이라는, 왠지 모를 자부심도 생겼다. 그 후로도 패딩은 몇 년 동안 매일 입고 다니는 애착 겉옷이 되어 나의 몸을 지켜주었다. 겨울이 올 때마다 새로운 패딩을 장만해야겠다는 다짐만 여러 번. 애착 인형은 너덜너덜해져야 제 맛이듯 여러 번의 겨울을 쓸쓸하게 이겨낸 애착 패딩 역시 점점 낡아져만 갔다.

그리고 어느 겨울이 지나갈 때쯤이었다. 그 패딩을 과감히 세탁기에 돌려버렸다. 굳이 세탁소에 맡기면서까지 관리할 시기는 지나지 않았나 싶어서였다. 드럼 세탁기 안에서 빙글뱅글 돌며 온몸으로 원심력을 받아낸 패딩은 한껏 수척해진 모습으로 밖에 나왔다. 세탁을 한 후에 방망이로 열심히 때리면 솜이 살아난다나 뭐라나. 그래서 심폐소생술 하듯 방망이 대신 나의 손과 페트병을 동원하여 열심히 솜을 부풀려보았으나 역부족이었다. 숨이 죽어버린 패딩은 볼품없어 보이기까지 했다.

"어차피 애는 수명을 다했어."

결국 애착 패딩은 내 옷장 구석 자리에 모셔지게 되었다. 세 번 정도 더 입긴 했지만 코트보다도 얇아져 버린 패딩은 더 이상 그 역할을 다 하지 못했다. 게다가 결혼을 준비하던 중 시부모님께서 도톰하고 따닷한 새 패딩을 선물해 주셨다. 그 덕에 오랫동안 함께 해온 롱패딩을 놓아 주었다…며 마침표를 찍고 싶지만 안타깝게도 아직은 이야기를 끝낼 수 없다.

옷 정리를 할 때마다 버릴 옷이 수두룩 차곡차곡 쌓였는데도 왠지 나는 그 옷을 버리지 못했다. 새로 갖게 된 패딩과는 다른 스타일이니까. 라고 생각했지만, 그저 정든 패딩에 미련이 남아서였던 것 같다.

결국 계절이 일곱 번 지날 때까지도 롱패딩은 여전히 나의 옷가지들 사이에 한자리를 차지하고 있었다. 그리고 어김없이 찾아온 추운 겨울, 나는 퇴사 1년 만에 다시 B 대학교 공동기기원으로 출근하게 되었다. 안 입는 옷들을 버리다 말고 내일 출근길에는 오랜만에 저 패딩을 입어봐야겠다고 생각했다. 한 번만 입어보고 아니다 싶으면 이번에는 정말 버릴 심산이었다.

그리고 다음 날 출근길에 패딩을 입고 집을 나서는데, 포근했다. 혈압을 잴 때 팔에 피가 힘겹게 통하듯 패딩 하나만으로도 갑갑하게 껴입은 느낌이 물씬 들었다. '어라? 이 패딩 엄청 얇아졌었는데… 언제 다시 톡톡해졌지?' 우다다다 방망이질을 했을 때도 분명 효과가 없었다. 그런데 장롱에서 오랜 시간 묵으며 솜이 제 숨을 찾기라도 한 걸까. 너무 낡아서 입기 창피하다고 느꼈던 것도 같은데 막상 차분히 살펴보니 패딩은 멀쩡하기만 했다. 바느질도, 허리끈도, 모자에 달린 갈색 털도.

겨울이 본격적으로 찾아오기 전 나는 또 습관처럼 새로운 롱패딩을 장만해야겠다고 말하곤 했지만, 결국 그러지 않았다. 나의 애착 패딩 속 솜들이 다시금 따듯하게 숨을 불어넣어 주고 있었으니까.

재입사를 하던 그 무렵의 나는 오랜만에 일을 하려니 잔뜩 겁을 먹은 상태였다. 하지만 1년이라는 시간 동안, 나도 모르는 사이 내 마음에도 포근한 숨이 많이 차오른 듯했다. 마음의 테두리에 에어백이라도 장착한 것처럼, 한층 단단하고도 유해진 나의 모습을 발견할 때마다 새삼 놀라웠다.

그 후로도 왠지 나를 닮은 듯한 롱패딩을 입은 채 출근길에 올랐다. 그 사이에 무슨 일이 있었냐는 듯, 그저 든든하기만 했다. 그 애착 패딩은 여전히 나의 겨울을 든든하게 책임지고 있다.

될 놈도 거저 되는 건 아니야

'난 아무리 해도 안 되는데. 행운은 왜 저 사람에게만 몰려가는 걸까?'

난 언제나 "될 놈은 된다."의 '될 놈'을 부러워하며 살았다. 인생이 쉽게 잘 풀리는 사람들을 보고 있으면 자격지심이 꾸물꾸물 올라오기도 했다. 그런 나에게 찬물을 확, 끼얹어 준 사람이 있다. 그녀 덕에 깨닫게 되었다. 아, 될 사람도 거저 되는 건 아니구나.

스무 살 때 학과 선배로 처음 만난 선이 언니는 어딜 가나 눈에 띄었다. 작은 키에 새하얀 피부. 웃으면 손톱 달 모양으로 사라지는 눈과, 연지곤지 찍은 듯 발갛게 올라오는 볼. 슈팅스타 아이스크림처럼 통통 튀는 매력. 그와 동시에 카리스마도 보통은 아닌 사람. 늘 에너지가 넘치는, 당당한 목소리의 소유자. 언니는 마치 깜찍한 슈퍼히어로 같은 존재였다. 더 나아가 나에게는 선망의 대상 중 하나였다. 뭘 해도 잘하는 사람. 뭘 해도 해내고 마는 사람.

언니는 실업계 고등학교 출신이었다. 본래 가야금을 전공하기 위해 오랜 시간 준비했지만 피치 못할 사정 때문에 포기했다고 했다. 열심히 공부해서 공대에 입학했고, 졸업 후에는 이름 있는 제약 회사의 연구원으로 취직했다. 가야금을 포기해야 했다는 사실만 제외한다면 언니의 인생은 잘 풀리고 있었다. 언니의 생각은 어땠을지 몰라도 타인이 보기엔 의심할 여지없이 그래 보였다. 언니가 직장인일 당시 나는 보잘것없는 대학원생이었다. 언니는 나를 만날 때마다 밥을 사주며 놀라운 근황을 전하곤 했다.

"온정아, 나 강사 자격증 땄어."
"온정아, 내가 연구해온 제품이 드디어 출시됐어."

"온정아, 나 요즘 주말마다 조향사 학원 다녀!"

언니는 늘 하고 싶은 게 넘쳤고, 원하는 건 배워야만 직성이 풀리는 사람이었다. 그렇다고 본업에 열중하지 않았느냐, 그건 또 아니었다. 무슨 일이든 대충은 못 하는 성격 덕에 언니는 회사에서도 많은 실적을 냈다.

그러나 히어로 같던 언니에게도 직장 생활은 녹록지 않았다. 언니는 연구직이 본인 성향과 너무 안 맞는다고 매번 하소연했다. 하기 싫은 걸 억지로 해야 한다는 게 언니에게는 가장 큰 곤욕이었다. 스트레스 탓인지 언니의 건강은 조금씩 안 좋아졌고, 급기야 어느 날에는 출근 준비 중 쓰러지고야 말았다. 하지만 그놈의 회사는 언니를 소모품 취급했다. 오전에 쓰러진 선이 언니는 오후에 출근해서 일을 해야만 했고, 얼마 뒤에는 회사에서 다시 한 번 쓰러졌다.

책임감으로 꾹꾹 눌러오던 회의감은 끝끝내 터져버렸다. 언니는 결국 4년 동안 버텨온 회사를 겨우 그만두었다. 그간 겉으로 힘든 티를 잘 내지 않았던 언니였기에, 아깝게 좋은 직장을 왜 나왔냐고 말하는 사람들도 많았다. 하고 싶은 일이 많아서 멀쩡한 직장을 포기한 철부지 같은 사람. 자꾸만 새로운 걸 찾으려 하는, 현실과 동떨어진 사람. 언니는 그런 사람으로 비추어졌다. 고난을 성숙하게 참아냈다는 이유로 그런 시선을 감당해야만 했다.

사실 언니는 입사 2년 차쯤 되었을 때부터 '퇴사'를 입에 달고 살았다. 그럴 때마다 나는 언니에게 묻곤 했다.

"언니는 하고 싶은 것도, 할 수 있는 일도 엄청 많잖아요. 연구직 때려치우고 강사 같은 거 하는 게 어때요?"

그럴 때마다 언니는 장난스럽게 웃으며 답했다.

"나도 당연히 그러고 싶지. 근데 여기가 돈을 많이 주잖아. 내가 돈의 노예라 못 그만두는 거지 뭐. 쓰고 싶은 건 쓰고 살아야 하니까!"

어딘가 언니답지 않은 대답이라고 느꼈지만, 하고 싶은 일보다는 안정적인 현실과 타협하는 게 순리로 받아들여지는 이 사회에서 지당한 선택이겠거니 생각했다. 게다가 배우는 데 투자를 많이 하는 만큼, 돈을 포기할 수 없다는 언니의 말에도 납득이 갔다. 그러던 어느 날. 나와 술을 한 잔 기울이던 선이 언니가 처음으로 진솔한 이야기를 털어놓았다.

"사실, 집이 항상 좀 어려웠어. 내가 돈을 꾸준히 벌지 않으면 안 돼. 알잖아, 나 대학생 때도 맨날 일했던 거."

언니는 살짝 취한 목소리로 덤덤하게 말했다. 처음 알게 된 사실에 나는 적잖이 놀랐고, 사람의 색안경이 이렇게나 무서운 거구나, 깨달았다. 언니의 말마따나, 언니는 대학 생활 내내 패밀리 레스토랑에서 아르바이트를 했다. 주변의 모두가 그 사실을 알고 있었다.

하지만 왠지 언니는 그마저도 돈을 위해서가 아닌, 경험이나 즐거움을 위해서 하는 것처럼 보였다. 유니폼을 입고 칵테일을 만드는 언니가 근사하다고만 생각해 왔다. 피치 못할 사정으로 가야금을 포기했다고 들었을 때도, 앞서 '돈의 노예'라는 표현을 들었을 때도 언니의 경제적인 사정에 대해서는 떠올리지 못했다. 정말로 언니가 쓰고 싶을 때 자유롭게 쓰기 위해 돈을 버는 줄로만 알았다. 가까운 사이인 나조차도 이렇게나 언니를 몰랐으니. 언니가 퇴사했을 때 주변 사람들의 반응이 그랬던 것도 이해가 갈 법했다.

"사람들은 다들 내가 철없는 자유의 영혼인 줄로만 알아. 나도 그저 치열하게 살고 있을 뿐인데."

언니도 주어진 환경에 맞추어 근면히 현실을 살아가는 사람일 뿐이었다. 하지만 현실 속에 편안하게만 머무르지 않는다는 점, 현실과는 별개로 언제나 꿈을 저버리지 않는다는 점. 그것이 언니를 남다르게 만든 것이었다.

퇴사 후 6개월 동안 언니는 직장인보다도 바쁘게 살았다. 네일아트 학원과 댄스 학원에 다니며 관련 자격증을 땄고, 방과 후 강사 자격증도 땄다. 그 후엔 보란 듯이 승승장구했다. 여러 초등학교에서 인기 강사가 되었고, 개인 연습실도 차렸고, 유튜브 채널도 운영했다. 몸이 열 개여도 부족할 정도로 바빴지만 언니는 진정 행복해 보였다. 난 언니를 보며 버릇처럼 이야기했다.

"역시 언니는 뭐든 잘해. 언니는 역시 잘 풀리는 사람이지. 역시, 언니는…"

언니의 연습실에 놀러 갔다가 집에 돌아온 날이었다. 부러운 감정에만 그치지 말고 나도 무엇이든 행동으로 옮겨야겠다는 자극을 잔뜩 받았더랬다. '언니는 어쩜 그렇게 하고 싶은 것도, 잘하는 것도 많을까? 나도 언니처럼 다른 일을 해보고 싶은데. 나는 용기도, 재능도 없어.' 언니와 나의 모습을 대비시키며 이런저런 변명을 덧붙이다가, 문득 무언가를 깨달았다. 순간 머리가 띵해졌다.

내가 선이 언니에게 습관처럼 붙이던 '역시'라는 표현은 쓰면 안 되는 거였다. '역시'에는 당연함이 내포되어 있는데, 차근차근 돌이켜보니 언니의 모든 결실에 당연함이란 없었다. 언니는 회사에서 쓰러질 지경까지 일하면서도, 주 5일씩 밤마다 방송 댄스를 배우러 다녔다. 내가 사람들만은 좋았던 회사에서 겨우 2년을 버틸 동안, 언니는 인격모독을 밥 먹듯이 하는 회사에서도 4년을 버텼다.

퇴사하기 전에도, 하고 난 뒤에도 언니는 본인만의 경쟁

력을 키우기 위해 쉴 새 없이 움직였다. 세상에 춤을 잘 추는 사람은 널렸지만 언니처럼 가르치는 일까지 잘하는 사람은 많지 않았다. 정보의 홍수 속에서 자신에게 맞는 경로를 탐색하고 배우며, 언니는 본인만의 길을 찾아 헤엄쳐나갔다. 원하는 것을 성취하기 위해 매 순간 최선을 다한 사람에게 '역시'라는 수식어를 붙이는 건 반칙이었다.

언젠가 언니는 말했다.

"사람들은 내가 하루아침에 잘 됐다고들 생각하는데, 난 진정한 나의 길을 찾기 위해 무던히 노력해왔어. 내가 비싼데다가 거리까지 먼 조향사 학원에 다닌 이유가 뭐였는지 알아? 난 코가 예민하니까, 당연히 조향사가 내 적성에 잘 맞을 줄 알았지 뭐야. 학원에 다녀 보고 나서야 막상 나와 맞지 않다는 걸 알 수 있었어. 뭐든 직접 겪어봐야만 이게 똥인지 된장인지 알 수 있는 것 같아. 그래서 나는 무조건 다 경험해 보려고 해. 이것도 배워보고 저것도 배워보고. 지금 내가 하는 일들도, 아무리 잘되고 있다지만 언제 또 꺾여버릴지 몰라. 그걸 대비하기 위해서라도 난 끊임없이 무언가를 배울 거야."

편견이 너무 두터웠던 나머지, 언니를 제대로 알기까지 너무도 오랜 시간이 걸렸다. 이제는 알 수 있다. 언니는 결코 무모한 도전을 통해 우연히 성공한 게 아님을. 내가 안전한 동굴 속에서 촛불만 켠 채 헤매는 동안, 언니는 동굴 밖으로 나가 야생을 탐험하고 다녔다. 나는 동굴 속에서만 고생했으며, 그 안에서 얻을 수 있는 것만 가졌다. 반면 언니는 넓은 바깥세상에서 숲속도 걸어보고 길도 잃어보고 호숫가에도 가보았다. 그 덕에 나무에 핀 달콤한 열매를 맛볼 수 있었던 것이다.

힘든 속마음이나 자신의 사정을 좀처럼 드러내지 않는 선이 언니. 그만큼 주변 사람들은 언니의 아이 같고 명랑한 모습만을 떠올린다. 언니가 얻은 모든 것들이 행운에 의해서, 원체 재능이 많아서, 풍족한 환경에서 자라서 그런 거라고 여기기도 한다. 그러나 언니가 성취한 것들의 무게는 결코 가볍지 않았다.

될 놈도 거저 되는 게 아니었다.

될 수 있는 가능성을 계속해서 만들어 나가야만 마침내

될 수 있는 것이었다. 난 더 이상 될 사람들을 보며 시샘하지 않는다. 부지런히 가능성을 찾아가다 보면, 어느 순간 나도 될 놈이 될 수 있을 거라고 믿게 되었으므로.

글을 쓰는 이유

얼마 전 지희라는 동생에게 『방황의 조각들』을 집필하고 있다고 말했다. 나의 인생 이야기가 여과 없이 들어간 에세이라서 출간하고 나면 벌거벗은 기분이 될 것 같다고, 또 이걸 읽게 되실 양가 부모님이 마음에 걸린다고도 덧붙였다. 지희는 내게 물었다.

"사람들에게 자신의 어두운 부분을 진솔하게 꺼내 보이는 데에는 큰 용기가 필요했을 텐데… 그런 내용의 글을 써서 책으로 내야겠다고 결심하게 된 특별한 계기가 있었나요?"

지희의 물음에 답하며 내가 글을 쓰는 이유에 대해 다시 곱씹어 보게 되었다. 나는 글을 쓰며 나 자신을 치유했다. 그리고 언제부턴가 그 대상이 점점 확장되어 나갔다. 세상에 자꾸 치이고 엎어져도, 그 속에서 의미를 찾아가며 다시 일어서고야마는 나의 삶이 누군가에게 위로가 될 수도 있지 않을까. 그렇게 생각했기에.

공동기기원 계약이 끝나갈 때쯤 공황장애가 찾아왔다. 성인이 된 후에도 우울이나 불안의 그늘에서 완전히 벗어나진 못했지만, 그래도 야금야금 강해져 가는 나를 보며 기특하다 여기고 있었더랬다. 그런데 '그건 너만의 착각이었어.'라고 비웃기라도 하듯 마음이 고장나버렸다. 공황 발작이 가장 심하게 온 건 하필 퇴근 후 운전대를 잡았을 때였다.

익숙한 길에서 운전을 하는데 갑자기 눈앞이 하얘지면서 호흡이 가빠졌다. 동시에 피부 안쪽에 꼭꼭 숨어 있는 뼈대가 가렵다고 느꼈다. '뼈는 긁을 수가 없는데.' 하고 생각하는 순간 증상은 더욱 악화되었다. 내가 통제할 수 없는 상황이 불안감을 극대화시켜 버린 것이었다. 마치 클라이맥스를 향해가는 사물놀이의 현장 속에 던져진 기분이었다. 꽹과리 치듯 심장은 빠르게 뛰었고 팔다리는 마비될 기세로 저려왔다. 그나마 목적지가 근처에 있어서 천만다행이었다.

내면을 잘 돌보지 않은 결과는 처참했다. 현재의 상황만으로도 버거운데, 다 잊은 줄 알았던 학창 시절의 기억들까지 자꾸만 마구잡이로 떠오르며 머릿속을 헤집어댔다. 누군가 나의 멱살을 잡고 과거의 가장 아픈 기억들 사이로 질질 끌고 가는 것만 같았다. 내 의지와는 상관없이 속수무책으로 과거를 훑으며 심장이 찢겨나갈 듯 아팠다.

오랜 시간에 걸쳐 겨우 벗어난 우울과 불안에 나는 다시금 잠식되고 있었다. 그런 나의 모습을 가만히 지켜보고만 있을 수는 없었다. 뭐라도 하고 싶었다. 뭐라도 해야만 했다. 그 순간 내가 할 수 있는 건 그저, 쓰는 일뿐이었다.

노트를 열고 내면에 잠재되어 있는 나의 상처들을 생각나는 대로 몽땅 써내려 나갔다. 이제껏 그렇게 노골적으로 내 속을 들여다본 적이 있었나. 아마 없었을 것이다. 참자. 다들 그렇게 버티면서 살아가잖아. 다 지나간 일이야. 지금쯤이면 괜찮아져야 마땅한 거야. 그렇게 추상적으로만 생각해왔을 뿐. 글로 적어보니 나의 아픔이 또렷하게 구체화되어 종이 위에 남았다.

상처를 마주하는 건 나의 온몸 구석구석을 바늘로 찌르듯 고통스러운 일이었지만, 그 과정을 거치고 나니 알 수 있었다. 과거의 나는 무엇 때문에 아팠었는지, 현재의 나는 왜 그리 힘든 건지, 결국에는 그 모든 것들이 유기적으로 연결되어 있다는 사실까지도. 힘을 잔뜩 준 채 펜으로 휘갈겨 쓴 글씨는 종이의 뒷면에까지 그 자국을 남겼다. 이 상처들을 연필로 쓰고는 지우개로 쓱싹쓱싹 지워버릴 수 있다면 얼마나 좋을까, 생각하며 나의 아픔을 만지작거렸다.

그 뒤로 적극적으로 공황장애 치료를 받고, 가족들의 도움도 받으며 나 자신을 챙겼다. 무엇보다 꾸준하게 글을 쓰면서 의식적으로 나의 내면을 돌아보았다. 글쓰기를 통해 나는 이전보다 훨씬 더 성숙한 방식으로 고난을 헤쳐 나갔다. 내가 쓴 글을 수십 번씩 읽어보며 다듬어 나갔고, 그 글의 결론을 내려 보기 위해 애썼다. 그 과정에서 나의 인생 또한 조금씩 정돈되었고, 내 나름의 방식대로 삶의 방향을 찾아 나가게 되었다. 이런 조그마한 희망이 담긴 나의 이야기를 사람들에게도 공유하고 싶어졌다. 창피함 따위 던져 버리고 발톱 속의 때까지도 모두 드러내야겠다고, 그렇게 한다면 진심이 통할 거라고 믿었다. 그것이 나의 치부이든, 나의 행복이든, 나의 슬픔이든.

이렇듯 나는 자신을 치유하기 위해서 글을 쓰기 시작했다. 하지만 쓰다 보니 드는 생각은, 궁극적으로 나의 글이 읽는 사람에게도 위로가 되었으면 한다는 것이다. 많이 아팠고, 그로 인해 성장했지만, 여전히 현재 진행형인 나의 성장통을 모두와 나누고 싶다.

내 글을 읽는 사람들이 '나만 이런 게 아니었구나. 다들 그런 감정을 느끼고 살아가는구나.'를 느꼈으면 한다.

언젠가 우연히 미모사라는 식물을 본 적이 있다. 톡, 살짝만 건드려도 잎이 한껏 오므라드는 미모사는 작은 일에도 민감하게 반응하는 나를 똑 닮았다. 그토록 수줍고 연약해 보이는 풀잎이, 불면증이나 신경과민에 효과가 있어서 약재로도 쓰인다고 한다.

나도 미모사 같은 방식으로 사람들을 토닥이고 싶다. 비록 나는 시시때때로 움츠러들지언정, 그 속에서 단단해진 채로 다시 활짝 피어나, 사람들의 마음을 치유하는 존재가 되고 싶다. 그런 글을 쓰는 사람이 되고 싶다.

"저 힘들어요."와 같은 이야기를 하고 싶은 게 아니다.

"이번에도 역시 너무 힘들지만, 저는 이렇게 한 번 이겨내 볼 거예요. 함께 이겨내 보지 않으실래요?"

이것이 바로 내가 글 속에 담고자 하는 진심이다.

Chapter 4

나와 세상의 케미스트리

다시마의 재발견

자, 여기 끝내주게 맛있는 요리 레시피가 하나 있다. 이름하여 '다시마 찜닭'. <수미네 반찬>이라는 TV 프로에 소개된 김수미 선생님의 비법 레시피이다.

1. 웍 위에 올리브유를 좌악 뿌린 뒤 달궈준다.
2. 닭을 올려서 닭 껍질에 누룽지가 생길 때까지 뒤집어가면서 구워준다.
3. 어느 정도 구워졌다 싶으면 간장 베이스의 양념과 물을 붓는다.
4. 큼직한 다시마 몇 장을 돌돌 말아서 넣고, 감자나 양파

등도 넣는다.

5. 간을 맞춰가며 졸인 뒤 요리가 완성되면 다시마에 닭을 싸 먹는다.

이 레시피를 알기 전까지 나에게 있어 다시마란, 국물을 낼 때밖에 사용해 본 적 없는 식재료였다. 그마저도 육수를 끓일 때는 멸치, 무, 대파, 새우, 다시마 등을 동시에 넣고 10분 뒤 다시마는 먼저 빼라고 하지 않는가. 미역은 워낙 유명한 미역국의 주재료로 쓰이지만 다시마를 주재료로 한 요리는 듣도 보도 못했다. 굳이 따지자면 간식으로 먹는 다시마튀각 정도…?

이전에는 시중에 파는 달콤 짭짤 매콤한 찜닭의 맛을 흉내 내어 요리했었더랬다. 그러다 처음으로 다시마 찜닭을 해 먹어보았던 그날을 잊지 못한다. 사실 다시마를 통째로 말아서 넣으라는 설명을 보며 조금 이상하다고 생각했다. 다시마를 오랫동안 우려내면 국물이 씁쓸해진다고 들었는데. 같이 넣고 계속 끓인다니. 게다가 다시마에 닭을 싸 먹는다고? 여러모로 생소하기 그지없었다.

그런데 막상 마주한 다시마와 닭의 조합은 실로 엄청났다. 살짝궁 퍽퍽한 닭고기가 매끈 쫄깃한 다시마를 만나 입에서 한데 어우러지며 이뤄내는 하모니는 씹을 때마다 감탄을 자아내게 했다. 게다가 다시마와 닭에서 쭉쭉 빠져나온 국물에는 감칠맛이, 자극적인 찜닭의 맛과는 비교할 수도 없는 감칠맛이 났다. 그 은은한 국물은 먹어도 먹어도 질리지 않았다. 흰쌀밥을 크게 한 숟가락 떠서 국물에 비벼 먹으면 춤이 절로 나왔다.

다시마가 통으로 먹어도 이렇게 맛있을 수 있는 식재료였다니. 나에게 이 요리는 '다시마의 재발견'과도 같았다. 평소 본인의 엑기스를 육수에 내어준 채 장렬히 전사하던 다시마의 모습은 어디로 가고. 생각지도 못한 분야에서 번듯하게 제 몫을 하는 다시마가 바로 이 요리에 있었다. 그 뒤론 다시마 찜닭을 할 때마다 큼직한 다시마를 욕심껏 넣는다. 다시마가 많을수록 더 맛있기 때문이다.

나는 고분자공학을 전공한 뒤 화학쟁이라는 이름표를 달았다. 그러나 막상 화학 일을 해보니 내 몸에는 맞지 않았다. 일을 할 때마다, 정말이지 엑기스만 빨리고 장렬히 전사

한 다시마처럼 기진맥진해졌다. 그럭저럭 인정을 받아오면서도 나 자신은 만족하지 못했다. 할 줄 아는 게 이것뿐이라는 사실이 원망스러울 따름이었다.

그러던 나는 이제 글을 쓴다. 그동안 수많은 취미를 가져왔지만, 글쓰기는 내게 취미 그 이상의 의미를 갖게 되었다. 공대 출신 화학쟁이로서는 정말이지 어울리지 않는 업일지도 모르겠다. 하지만 누가 알겠는가. 내가 글쓰기에 있어 환상의 감칠맛을 낼 수 있는 다시마일지도. 혹시 모를 나의 재발견을 위하여 오늘도 글쓰기 생활에 불을 붙여본다.

대책 없는 즐거움이 필요한 순간

고등학생 때 딱 한 번 영화 〈레옹〉의 마틸다 머리를 도전했던 걸 제외한다면, 난 언제나 긴 머리를 고수해왔다. 그나마 2년에 한 번꼴로 머리를 자르곤 하는데 이유는 단순하다. 머릿결을 잘 관리할 만큼 부지런하지 못하기 때문. 올해 봄 즈음에 점점 빗질조차 안 되는 머리카락을 보며 때가 왔음을 실감했다. 그러나 나는 미용실에 가지 않았다. 귀찮아서. 미용실 가는 게 부담스러워서. 코로나 감염이 두려워서. 긴 머리가 아까워서. 여러 가지 이유에서였다.

얼렁뚱땅 미루다 보니 여름이 다소 성급하게 찾아왔다.

매일 긴 머리를 감고 말릴 때마다 불쾌지수는 최고점을 찍었다. 방금 씻었음에도 다시 땀이 흘렀고 온몸에 끕끕한 공기가 미역처럼 찰싹 달라붙었다. 거울을 볼 때마다, 아주 그냥 이 자리에서 머리칼을 댕강 잘라버리고 싶다는 충동을 느꼈다. 가위를 손에 쥐는 상상을 하다 말고 갑자기 재미있는 발상이 떠올랐다. 나는 무작정 선이 언니에게 메시지를 보냈다.

"언니, 재미 삼아 제 머리 한 번 잘라보지 않을래요?"

코로나로 따분해진 일상에 무언가 대책 없는 일을 벌여보고 싶었더랬다. 언니는 살짝 당황하는 듯싶더니 금세 오케이를 외쳤다. 그저 소꿉놀이하듯 편하게 놀아보자는 의미였는데, 의외로 그녀는 친구들의 머리를 잘라준 경험이 있다며 자신했다.

며칠 뒤 언니가 우리 집에 놀러 왔다. 손에 일반 가위와 숱가위까지 들려있는 모습을 보니 왠지 믿음직스러웠다. "내가 원하는 대로 막 잘라도 돼?"라고 묻는 언니에게, 나는 언니의 꿈을 맘껏 펼쳐달라고 청했다. 베란다에 나무 의자를 놓고 그 앞에 전신 거울을 세웠다. 마침 옆에는 강아지 배변 패드가 대량으로 들어 있는 큼직한 비닐이 있었는데, 언니는 그 비닐을 빼내서 목 부분과 팔 부분을 가위로 뚫어주었다. 비닐을 뒤집어쓴 채 팔을 어떻게 빼야 할지 몰라 우왕좌왕하고 있으니 언니가 손수 내 양쪽 팔을 빼주었다. 비닐 옷을 입은 거울 속 내 모습이 너무 우스꽝스러워서 우리 둘은 한참을 웃었다. 나름 갖출 건 다 갖춘 일일 미용실이었다.

미용실 가는 걸 조금 불편해하는 나로서는, 창문 너머의 울창한 나무들을 보며 머리를 자른다는 것부터 일단 마음이 편안했다. 아마추어 미용사에게 내 머리카락을 맡긴다는 걱정 따위는 신기할 정도로 없었다. 학창 시절 두발 검사를 앞두고 친구들 머리를 잘라주던 실력으로, 언니는 나의 머리카락을 싹둑, 과감하게 잘라버렸다. 후두둑. 의자 뒤에 깔아놓은 박스 위로 머리카락 뭉텅이가 떨어지는 둔탁한 소리가 들렸다. 요 며칠 상상으로만 행하던 일을 언니가 대신해 주니, 순간 속이 뻥 뚫리는 듯했다. 아직 양쪽이 짝짝이였지만 산뜻해진 내 머리가 벌써부터 마음에 들었다.

우리를 향해 강렬히 내리쬐는 햇빛 탓에 땀이 났다. 그럼에도 그녀는 열과 성을 다해 내 머리를 손질해 주었다. 극도로 상하여 잘 빗기지도 않는 머리를 빗어가며 언니는 이게 진정 머리카락이 맞냐고 연신 묻기도 했다. 내가 민망해하며 웃는 사이 언니는 금방 다시 집중해서 나의 머리를 다듬었다. 양쪽의 길이를 맞추고, 사각사각 숱도 치고, 머리카락의 끝부분도 삐죽삐죽 잘라주면서. 언니는 미용실에서 보았던 많은 기술들을 구사하고 있었다. 서당 개 3년이면 풍월을 읊는다고, 미용실 손님 10년이면 머리 자르는 것도 가능한 거였냐며 우리는 또 깔깔거리고 웃었다. 머리를 감고, 마지막으로 조금 더 다듬고 난 뒤에야 우리의 미용실 놀이는 끝이 났다.

이날은 우리 둘에게 잊지 못할 추억이 되었다. 무턱대고 제안했던 일이었다. 결과가 어떨지 전혀 예상할 수 없었기에 더 스릴 넘치고 재미있었다. 게다가 기대 이상으로 만족스럽기까지 했다. 미용실에 찾아갔다면, 내 머리카락이 잘려 나가는 동안 이만큼의 감흥은 느끼지 못했으리라.

피곤할 정도로 신중한 성격을 가진 탓에, 무언가를 결정할 때마다 나는 갑갑해지곤 한다. 그럴 때면 가끔 체면일랑 어딘가로 던져버리고 다짜고짜 행동에 옮겨버리는 것이 갑갑한 마음을 푸는 데 큰 도움이 된다. 인생이 지루하고 팍팍하다면 일단 시시하면서도 엉뚱한, 대책 없고도 속 시원한 일을 눈 딱 감고 저질러보자. 치렁치렁 성가시던 머리칼을 댕강 잘라버리듯, 무거웠던 나 자신이 한껏 홀가분한 사람이 된 듯한 기분을 만끽할 수 있다.

자신을 잠시 놓아버릴 때 삶은 한층 더 유쾌해진다.

전화 말고
문자로 하면 안 될까요?

초등학교 4학년 때부터 친구들과 문자를 주고받기 시작했다. 당시 엄마는 버튼에서 푸른색 불빛이 나는 하얀색 폴더폰을 가지고 계셨는데, 나는 호시탐탐 그것을 탐냈다. 밤이 되면 몰래 엄마 휴대폰을 방으로 들고 가서는, 늦은 시간까지 그 파란 불빛을 쥐고 배터리가 다 닳아 없어질 때까지 버튼을 두드려댔다. 그때는 안경을 쓰고 싶다는 바보 같은 생각을 했던 터라 눈이 시려 와도 아랑곳하지 않았더랬다.

몇 년 뒤엔 마침내 나만의 휴대폰이 생겼고, 친구들과 문자를 주고받는 게 일과의 상당 부분을 차지하게 되었다. 곧

이어 나무 책상 아래에 휴대폰과 손을 집어넣고는 손가락만 움직여가며 문자를 쓸 줄 아는 문자 달인이 되었다.

그 시절의 나는 왈가닥인 면도 있었지만 그 안에 늘 소심한 본성을 품고 있었는데, 그래서인지 친구들과도 쪽지나 편지를 주고받는 걸 좋아했다. 특히 상대방에게 뭔가 이야기하기로 마음먹었는데 윗입술과 아랫입술이 경직되어 도저히 움직이지 않을 때면, 나는 돌파구처럼 글자를 찾아서 나의 마음을 표현하곤 했다.

듣는 입장일 때도 사정은 별반 다르지 않았다. 친구에게 갑작스러운 이야기를 들으면 나는 줄곧 얼어버렸다. 거절을 못 하는 성격이 한몫했고, 우유부단해서 무슨 결정이든 오래 걸린다는 사실이 두 몫, 어리바리해서 논리정연하게 답하지 못한다는 사실이 세 몫했다. 그런 저런 이런 이유로 나는 항상 문자의 형태로 의사소통하는 것을 선호했다.

문자와 주욱 함께 해온 인생이기에 전화를 쓸 일이 거의 없어서 몰랐다. 급기야 내가 전화를 두려워하게 되었다는 걸. 대학생 때 집행부였던 나에게는 전화해야 할 일이 종종 생겼는데, 연락처에 이름을 검색한 뒤 통화 버튼을 누르려 할 때면 엄지손가락이 휴대폰 디스플레이에 닿기도 전에 뻣뻣하게 굳어버리곤 했다. 말할 내용을 여러 번 정리하고 심호흡까지 해야만 겨우 전화를 걸 수 있었다.

두려움의 소용돌이는 깨닫기 전보다 깨달은 뒤에 더욱 강력해지기 마련이다. 내가 통화를 무서워한다는 사실을 알고 나자 그 뒤로는 더욱더 전화를 피하기 시작했다. 사회 생활이라는 새로운 국면을 맞게 되었을 때도, 사원급 연구원 특성상 외부인과 전화로 소통할 일이 별로 없었다. 뜬금없는 예시이긴 하지만 강아지의 분리 불안 훈련도 처음에는 5초 떨어져 있기, 그다음엔 10초, 그다음엔 30초, 이런 식으로 점차 늘려 나가야 효과가 있는 법인데 연구원의 삶이란 한 달 내내 통화를 하지 않다가도 어느 날 갑자기 하루에 열 번씩 통화를 해야 하는 식으로 흘러갔다.

나의 전화 불안은 좀처럼 나아질 기회가 없었고, 웬만한 일은 이메일과 문자 메시지로 속 편히 해결했다. 그러다 보니 전화를 할 일이 더 없어졌다. 그러다 보니 전화가 더 두려워졌다. 그러다 보니, 그러다 보니, 그러다 보니, 의 굴레가 계속되었다. 그럴듯한 플랜 B는 회피하기 딱 좋은 핑곗거리가 된다.

그런데, 불행하게도 얼마 전 고객 센터에 전화해야 할 일이 생겼다. 자동차 보험 만기가 다가와서 모바일로 계기판 사진을 전송했는데, 아무래도 주행거리 계산이 잘못된 모양이었다. 1년 간 7,000km가량을 주행했는데 237,000km를 주행했다고 문자가 왔다. 주행 거리에 따라 보험료를 환급받을 수 있기 때문에 이는 꼭 짚고 넘어가야 하는 부분이었다.

나는 한숨을 폭 쉬고 여느 때와 같이 수첩을 펼쳤다. 내가 질문해야 하는 모든 내용과 숫자들을 최대한 꼼꼼하게 적어두고 나서야 겨우 전화를 걸었다.

"안녕하세요? 다름이 아니라…"

무려 준비까지 해놓고 거는 전화는 부자연스럽다. 업무 전화처럼 '다름이 아니라'라는 말까지 덧붙이게 되는 것이다. 이번 전화 통화도 그렇게 가까스로 마쳤다. 여러 번의 사회 생활을 거쳐 예전보다는 많이 나아졌다지만, 난 여전히 전화가 어렵고 문자가 편하다. 이는 문자 메시지를 선호한다는 말이지만, 누가 뭐래도 말보다는 문자 형태가 좋다는 뜻이기도 하다.

여전히 모르는 번호로 울리는 전화가 두렵다. 또 누군가에게 전화를 거는 게 막막할 때가 있다. 여러 번 고쳐가며 정돈시킨 글을 메시지나 이메일로 보낼 때 안도감을 느낀다. 카카오톡과 메신저가 발달한 이 세상에서 비단 나만 겪고 있는 문제만은 아닐 거라고, 조심스레 합리화해 본다.

처음으로 커피 한 잔

살아가며 때때로 애통하다 느끼는 순간이 있다. 바로 일과 시간 중 잠이 쏟아질 때나 달콤한 케이크를 먹을 때다. 많은 이들이 그런 상황에서 커피를 찾지만 안타깝게도 나는 카페인 취약 계층이다. 커피를 마시면 술을 마신 사람처럼 거나하게 취해버리거나, 어디가 고장 난 사람처럼 웃어대거나, 밤에 잠을 못 자는 건 예삿일이다. 맥주도 IPA라는 쓰디쓴 맥주만 골라 먹고 한약조차도 맛나게 꿀떡꿀떡 넘기는 나로서는 참으로 애석한 일이지 않을 수 없다.

어느 날은 남편이 직장 동료로부터 디카페인 커피를 선물로 받아왔다. 디카페인 커피의 존재를 알고 있긴 했지만 직접 접해본 건 처음이었다. 그전엔 도전해 보려다가도 그만두곤 했다. 어려서부터 커피를 못 마신다고 세뇌를 해놨더니 커피 향만 맡아도 괜스레 알딸딸한 기분이 들었기 때문. 그래도 그가 가져온 디카페인 커피는 임산부도 마실 수 있는 수준이라고 하고, 보리 반 커피 반이라기에 바로 뜨거운 물을 끓여 티백을 올려보았다. 맑은 물속에서 물고기가 긴 꼬리를 흔들며 유영하듯 고동색 커피가 스르륵 번져나갔다. 그와 동시에 중력을 거슬러 콧속으로 날아오르는 쿰쿰한 향. 한 모금 머금고 나니 느껴지는 보리와 커피의 구수함. 혀 위로 파도가 밀려 들어왔다 나간 듯 오늘 먹은 것들을 잊게 해주는 깔끔함. 아, 이 맛이로구나…!

이때까지 커피를 두 모금 이상 마셔본 적이 없었다. 그날은 인생 처음으로 커피 한 잔을 다 마셨다. 커피를 마실 줄 아는 남편은 커피보다는 보리차에 가까운 맛이라고 했다. 역시 카페인이 빠진 커피는 밍밍할 수밖에 없는 걸까. 하루는 반갑고도 아쉬운 그 마음을 직장에서 털어놓았더니, 다정하게도 한 동료가 기억해 두었다가 행정실에 인스턴트 디카페인 커피를 구비해 주었다.

"물을 얼마나 넣어야 돼요? 이 정도? 요 정도?"

처음인지라 우왕좌왕하며 촌스럽게 커피를 탔다. 잠이 쏟아질 때쯤 한 모금 들이켰는데, 정말이지, 쓰읍-, 씁쓸했다. 우와. 이거 진짜로 커피 맛이네? 신통방통했다. 동료가 디카페인 커피 맛은 어떻게 다른지 궁금하다며 먹어보았는데, 오히려 일반 아메리카노보다 더 쓴 것 같다고 했다. 그러니까 쓴 걸 좋아하는 내 입맛에도, 까탈스러운 나의 수면 요정에게도 꽤 잘 맞는 디카페인 커피를 찾은 것이다. 커피 한 모금에 크크큭, 커피 두 모금에 으으음, 세 모금, 네 모금 아낌없이 들이키며 생각했다.

'나도 이제 커피 마실 수 있어!'

다음에는 꼭 비스킷과 함께해야지. 커피에 콕하고 찍어 먹어야지. 일상의 즐거움이 이렇게 하나 늘었다. 딱 한 가지 늘었지만 매일 반복할 수 있다고 생각하면 제법 큰 변화인 셈이다.

카페에 가도 시킬 음료가 없어 어물쩍거리던 나는 이제 당당하게 디카페인 라테를 시킬 수 있게 되었다. 여전히 그 사실이 감격스러워 나는 커피를 입에 댈 때마다 해장국을 들이켜는 아저씨마냥 거나한 소리를 낸다.

내 나이 서른셋. 별일이 없다면 살아갈 날이 아마 두 배는 더 남았을 것이다. 그 말인즉슨 지금껏 해온 경험보다 앞으로 해 볼 경험이 더 많다는 뜻일 테다. 여전히 처음 해보는 게 많지만 막상 그것이 지극히 평범한 경험일 때면, 아이러니하게도 더욱 특별하게 느껴지곤 한다. 번지점프를 해본다든지 오로라를 보러 간다든지 하는 대단한 경험 말고, 그냥 커피를 마신다거나 새로운 음식을 먹어보는 것과 같은 예사로운 경험들 말이다. 이렇듯 소소하기에 더욱 각별한 일들이 나의 일상에 종종 등장해주길 바라본다.

마스크 속에 숨겨진 것들

TV 속에 등장하는 사람들을 보며 어딘가 어색하다고 생각했다. 꼭 있어야 하는 게 없는 느낌이랄까. 곰곰이 생각해 보니 그들은 마스크를 쓰고 있지 않았다. 이젠 코와 입을 가리지 않은 맨얼굴을 보는 게 부자연스러울 정도로 마스크가 익숙해졌다. 그들의 하관 위에 점선으로 마스크를 그리는 상상을 했다.

사실 코로나19 사태 전에도 나는 마스크와 친한 편이었다. 화학 실험을 해야 하는 연구실에서, 침구 먼지가 많은 여행지 숙소에서, 건조한 비행기 안에서, 또 미세먼지가 심각한 야외에서까지. 알레르기성 비염이 있는 나에게 마스크를 사용할 일은 종종 생겼다. 안 좋은 환경에서 조금이라도 건강을 챙겨보겠다고 마스크를 쓰긴 했지만, 사실 그럴 때마다 유별난 사람이 된 듯한 느낌을 지울 수 없었다.

심지어 연구실에서조차도 마스크를 쓰는 사람은 손에 꼽았다. 나 혼자 분진과 독한 냄새를 안 마시겠다고 유난 떠는 사람이 된 것만 같아서 소심하게 마스크를 썼다 벗었다를 반복하곤 했다. 놀랍게도, 연구실 안전 수칙을 지키는 사람을 보며 정말 '유난 떤다'고 생각하는 연구원들이 많았다. 나는 줄곧 그런 눈치와 싸워야 했고, 그렇기에 갑자기 모든 사람이 마스크를 쓰고 다니게 된 이 변화가 더욱 와닿을 수밖에 없다.

마스크를 쓰면 호흡기와 기관지가 보호받는 기분이 든다. 먼지가 콧속을 침투할 일이 적어지니 그를 방어하기 위해 콧물이 고개를 내미는 일도 줄어든다. 마스크를 쓸 땐 화장을 안 해도 되니 외출 준비 시간도 반으로 줄어든다. 건조한 겨울철에는 얼굴의 습도를 유지하는 데에 도움을 주기도 한다.

분명 마스크에는 장점이 많다. 특히 마스크를 쓸 때마다 남의 시선을 신경 써야 했던 나로서는, 속 편히 마스크를 쓸 수 있는 이 상황이 나쁘지만은 않다. 그러나 마스크를 쓰고 사람을 마주할 때면 이야기가 달라진다.

직장 복도를 지나가다가 동료를 마주치면 말을 걸기도 애매하고 모르는 척하기도 애매하니 보통 눈인사를 건넸다. 이때 입꼬리의 모양이 아주 중요한 역할을 했다는 사실을 마스크를 쓴 뒤에야 알았다. 요즘도 복도에서 누군가를 마주치면 눈인사를 건네곤 한다. 그러나 지나간 뒤에 정신 차려보면, 과연 내 눈 모양이 상대방이 알아챌 수 있을 정도로 움직였는지 확신이 없다.

눈인사를 했던 그 표정과 얼굴 근육을 그대로 유지한 채 거울 앞에 서 본다. 내 입꼬리는 스윽 올라가서 팔자주름을 깊게 형성하고 내 광대는 한껏 올라와서는 마스크와 맞닿고 있지만 상대는 알 수 없다. 그저 살짝 반달 모양이 된 나의 눈만 볼 수 있을 뿐. 상대의 입장에서는 자신을 가만히 쳐다보다가 지나갔겠거니, 생각할지도 모를 일이다. 으, 괜히 억울해진다. 다음에는 입과 광대는 차치하고 눈 근육에만 열심히 힘을 줘봐야겠다고 생각한다.

무의식중에도 일단 눈 근육부터 강렬히 움직이게 되는 날이 오게 될까. 코와 입 주변 근육은 자연스레 쇠퇴해버릴지도 모르겠다. 마스크에 긍정적인 나여도 그런 날이 온다면 조금 슬퍼질 것 같다. 코로나가 끝나도 아마 마스크와는 쭉 친하게 지내야 할 듯하지만, 적어도 마스크가 필수는 아닌 생활을 되찾고 싶다.

누군가와 인사를 할 때만이라도, 상대방의 이야기에 한껏 웃어줄 때라도, 혹은 누군가의 고민을 들어주며 잔뜩 얼굴을 찌푸릴 때라도. '난 온 마음 다해서 당신의 이야기를 듣고 있어요!'라고, 나의 눈, 코, 입을 총동원해서 답해주고 싶다.

없으면 큰일 날 줄 알았다

"널 만난 뒤로 내 인생은 훨씬 더 행복해졌어. 대체 어디 숨어 있다가 이제야 내 앞에 나타난 거니?"

나는 오랫동안 역류성 식도염을 앓아왔다. 한 번에 크게 아픈 건 아니었지만, 누군가가 24시간 내내 나를 포크로 콕콕콕 찔러대듯 몹시 끈질기고 성가신 질환이었다. 목구멍에 항상 무언가가 걸려있는 기분이 들었고, 가슴은 타들어갈 것처럼 쓰렸다. 잠자기 다섯 시간 전에 밥을 먹어도 눕기만 하면 어김없이 위산이 역류했다. 심할 땐 토악질이라도 할 기세로 마른기침을 해대는 바람에, 나는 종종 침대 프레임에 기대앉은 채 쪽잠을 자야 했다.

낫기 위해 별짓을 다 해보았다. 하루 세 번 양배추 즙을 마셨고, 불가피하게 양념 된 음식을 먹어야 할 땐 남몰래 물에 씻어서 먹었다. 심지어 몇 주 동안 죽만 먹은 적도 있었다. 운동조차 마음대로 못 했다. 격한 운동을 하면 위산이 역류했으니까. 가벼우면서도 엎드리거나 눕지 않는 운동만 골라서 해야 했다. 이렇게 최선을 기울여 관리한 뒤에는 주기적으로 위내시경을 받았다. 결과는 늘 한결같았다.

"위산이 역류한 흔적이 보이네요. 자극적인 음식 피하시고, 스트레스 많이 안 받는 게 좋아요."

선생님, 제 뜻대로 스트레스를 조절할 수 있다면 참말로 좋겠네요. 매번 꿍얼거리며 병원을 나왔다. 먹고 싶은 걸 먹지 못하는 건 불행한 일이었다. 그래 놓고도 차도가 없는 건 더욱더 비극적인 일이었다. 나는 역류성 식도염이 평생 나의 뒤를 그림자처럼 따라다닐 거라고 확신했다.

그렇게 아무런 해답도 찾지 못하던 내가 우연히 J라는 위장약을 알게 되었다. 그렇다. 가장 첫 줄에 쓴 두 문장은 바로 그 위장약에게 하는 말이다. 실제로 나는 J를 만난 뒤 내 삶의 질이 달라졌다며, 비로소 나도 사람으로 다시 태어났다며 J를 찬양하는 말을 아끼지 않았다. 무슨 짓을 해도 사라지지 않던 가슴 쓰림이 약 두 알에 거짓말처럼 가라앉았다. 마치, 마법사의 묘약을 먹은 것처럼. 앞으로 평생 느끼지 못할 줄 알았던 '속 편한' 일이 현실이 되게끔 도와준 J 덕에, 내 삶은 터닝 포인트를 맞이했다.

"J만 있다면 예전으로 돌아가지 않을 수 있어!"

나는 J를 큰 통으로 사두고는 먹고, 먹고, 또 먹었다. 본래 웬만하면 약을 안 먹고 버티는 습관이 있었음에도 이 약만큼은 참을 수가 없었다. 속이 불편한 상태에 대한 인내심은 갈수록 줄어들었고, 언제부턴가는 외출을 했을 때 가방에 J가 없으면 불안해지기 시작했다. 이제 J가 없는 나의 일상은 상상조차 할 수 없었다.

그러던 어느 날, J를 장기간 복용하면 안 좋다는 이야기를 듣게 되었다. 믿기 싫은 정보였기에 깊이 새기지 않고 넘겼다. 하지만 그 후에도 '제산제 장기 복용의 부작용'에 대한 뉴스 기사들이 자꾸만 내 눈에 띄었다. 제산 작용이 있는 약을 장기 복용할 경우, 꼭 필요한 위산조차 억제시켜 버려서 저산증으로 만성 소화불량이 된다는 것이었다.

내 인생을 바꿔준 J와 멀어져야 한다니. 무엇보다 J를 줄이는 순간 예전의 끔찍한 상태로 돌아가 버릴까 봐 두려웠다. 끊어보자고 결심하는 것만으로도 마음이 심란했지만 그렇다고 계속해서 들려오는 경고를 무시할 수는 없었다. 일단 나는 식탁 위에 떡하니 올려두던 J를 서랍장 안에 넣었다. 그 대신 위장에 좋은 차들을 몽땅 구입하여 매일 마셨다. 자극적인 음식을 먹고 나면 J를 찾았었지만, 이제는 다시 J가 없다는 가정하에 식단을 조절했다.

막상 부딪혀보니 J가 없는 세상은 생각 보다 버틸 만했다. 오히려 왜 그렇게까지 J에 의존했었을까, 왜 없으면 큰일 날 것처럼 여겼을까, 조금 후회스럽기도 했다.

J는 활활 불타고 있던 나의 속을 진화시켜주는 소화기 역할을 했다. 불을 완벽하게 끄지는 못했어도 적당한 수준까

지 가라앉히는 데 큰 공을 세운 것이다. 하지만 그다음 남은 불씨를 끄는 건 내 몫이었다. 평생 J에 의존하면서 살 수 있다면 좋겠지만, 이 세상에 어디 '평생 기댈 수 있는 존재'라는 게 있긴 할까? 결국 언젠가는 '의존'을 나의 '의지'로 바꿔야 한다는 걸 깨달았다.

J와 거리 두기에 성공하며 나는 인생에 대해 생각했다. 없으면 큰일 날 것처럼 느껴지는 것, 내가 지나치게 의존하고 있는 것들이 훗날 내게 독이 될 수 있다는 사실을. 발끝에 절벽을 두면 하나뿐인 낙하산을 꽉 부여잡게 되지만, 막상 떨어져 보면 그 높이는 그리 높지 않을 수도 있다. 혹은 낙하산이 아닌 다른 방법으로 살아남을 수 있을지도 모를 일이다.

나는 계약직의 삶을 살았다. 직장에서의 시한부 인생이란, 직접 겪어보니 생각 그 이상으로 괴롭고 두려웠다. 이 정도 장점을 가진 직장을 내가 어디서 구할 수 있을까. 여기서 끝나버리면 나는 도대체 어디로 가야 하나. 계약 만기 1년 전부터 나는 불안에 떨기 시작했다. 그러나 없으면 큰일 날 줄 알았지만 막상 그렇지 않았던 J처럼, 직장도 마찬가지

일 것이다. 오히려 낭떠러지에서 나의 숨겨진 날개를 찾을 기회가 될 수도 있다.

이제부터는 나의 몫일 것이다.
의존이 아닌 의지로써 말이다.

사진첩 속 숨은 행복

요즘 나의 기분은 매일 널뛰기를 뛴다. 지각을 뚫고 맨틀까지 곤두박질쳤다가, 또 우주 끝까지 날아가기도 한다. 기분이 가라앉는 날이면 나도 모르게 온종일 한숨을 쉰다. 내가 하는 모든 일이 괜히 무의미하게만 느껴진다.

'아, 기분 전환하고 싶다.'

맥주 한잔 마시면 기분이 좋아질 것 같지만, 건강을 위해 참기로 한다. 달콤한 디저트라도 먹으면 기운이 날 것 같지만, 이 역시 허약한 위장을 위해 참기로 한다. 구글 지도를 켜놓고 간접 세계 여행을 떠나보지만, 이마저도 시원찮다. 뭔가 직접적으로 엔도르핀을 분비시켜줄 자극제가 없을까?

영혼 없이 SNS의 스크롤을 내리며 타인의 사진들을 구경했다. 그러다 문득 2만 개가량의 사진이 담겨있는 내 휴대폰 사진첩이 떠올랐다. 7년 전부터 찍어온 온갖 사진들. 최근 찍은 사진들이야 가끔 보게 되지만, 작년 사진들만 해도 꺼내 본 지 꽤나 오래되었다.

우린 늘 새로운 자극을 찾아다닌다. 새로운 무언가를 만날 때마다 습관처럼 카메라를 들이대지만 정작 그렇게 남긴 흔적은 좀처럼 꺼내 보지 않는다. 그저 또 다른 자극을 찾아다니기에 바쁘다. 그제 짜장면을 먹고, 어제 파스타를 먹고, 오늘은 가장 좋아하는 떡볶이를 먹으면서 그제 찍은 짜장면 사진을 다시 들여다볼 이유는 딱히 없으니까.

하지만 오늘은 아무런 자극도 없는 날. 굳이 지난 사진들을 꺼내어 보기로 했다. 사진첩의 스크롤을 주욱 내렸다. 대충만 훑어보아도 활짝 웃는 나의 선홍빛 잇몸이 종종 눈에 들어왔다. 눈물 셀카를 찍지 않는 이상, 보통 우울한 모습을 사진으로 남기지는 않으니까. 사진첩에 있는 나의 모습은 모두 행복해 보였다. 심지어 내가 나오지 않은 사진들, 그러니까 풍경 사진이나 사물 사진에서도 나의 감정이 고스란히 느껴졌다.

남편이랑 연애 막 시작했을 때네? 아이고 풋풋해라.

우와, 나 이때는 공연 보러 부지런히도 다녔구나.

맞다! 이 브런치 카페 맛있었는데. 잊고 살았네.

아… 엄마랑 처음으로 둘이서 갔던 여행. 정말 행복했었어.

마지막으로 등산 간 게 벌써 1년 전이라고? 게으름뱅이가 따로 없네.

수많은 사진을 손가락으로 펼치며, 나는 시간 가는 줄도 모른 채 그 안에 담긴 추억들을 마음속에 아로새겼다. 정신 차리고 보니 나의 얼굴은 사진 속의 내 표정을 은근슬쩍 따라가고 있었다. 좋은 기억들을 수집하는 과정에서 또 하나의 행복한 순간을 만들어낸 셈이었다.

만일 내 인생에 우울한 순간이 80%이고 행복한 순간은 20%밖에 안 된다고 한들, 그래서 사진첩에는 비록 20%의 좋은 순간들만 모아놨다고 한들, 어찌 됐든 나는 2만 개가량의 즐거운 기억을 가지고 있는 사람이니까. 그러니까 나는 충분히 행복한 사람이구나, 라는 사실을 새삼스레 느낀다.

언제나 사람은 새로운 자극을 찾는다. 하지만 어쩌면 그 자극제는 나의 사진첩 안에, 또 나의 지난 기억에 이미 충분히 들어있을지도 모르겠다. 가끔은 지난 사진들만 돌아보아도 충분히 행복해질 수 있다.

시작이 두려울 땐,
할 수 있는 일부터

20대 때 나의 꿈은 여행 작가가 되는 것이었다. '휴학하고 배낭여행', '퇴사하고 세계 여행'같은 제목의 주인공이 나이길 바랐다. 그러나 '꿈'이라는 단어의 사전적 의미는 '실현하고 싶은 희망이나 이상'이면서, 동시에 '실현될 가능성이 아주 적거나 전혀 없는 헛된 기대나 생각'이다. 그 아름답고도 무자비한 표현이 말해주듯 나의 현실과는 동떨어진 바람이었다. 여행 작가가 되려면 일단 여행을 다녀야 하는데, 나는 시간, 돈, 부모님의 허락이라는 세 가지의 높디높은 난관을 전부 넘어야만 가까스로 한 번씩 떠날 수 있었다.

연차를 쓰고 짧게 다녀오는 여행은 늘상 처음부터 끝까지 바빴다. 여행지를 깊이 파악하거나, 나의 감정을 차분히 돌아보거나, 전체를 관통하는 이야기를 발굴해낼 여유는 없었다. 나는 세계 여행을 다니는 청춘들의 SNS를 팔로우하고, 눈이 충혈될 때까지 그들의 사진을 찾아보며 사무치게 부러워했다. 세계 여행 정도는 해야 여행 작가가 될 수 있다고 생각했고, 내가 부모님으로부터 세계 여행을 허락받는 일은 결단코 없을 거라 확신했다. 고로 여행 작가가 되는 건 다음 생에나 가능할 일이라고 여겼다.

그러나 시작도 못 한 채 접어둘 뻔했던 나의 꿈은, 생각보다 평범한 여행 경험을 통해 훨씬 빨리 이루게 되었다. 결혼식을 올리면 대부분 신혼여행을 간다. 나는 그 여행 글감을 놓치지 않고 꽉 잡았다. 다른 여행 작가들만큼 길고 대단한 여정은 아닐지라도, 11일의 신혼여행 안에는 책 한 권을 채울 수 있을 만큼의 사건과 감정과 스토리가 있었다. 그 순간들을 최대한 잘게 쪼개어 기록한 뒤 처음으로 공적인 형태의 여행 에세이를 써보기 시작했다. 마음속에만 품어오던 꿈의 첫 단계를 밟게 된 것이었다. 분량이 제법 긴 글을 끝내 완성했고, 그다음 단계로 나아가기 위해 원고와 기획서를 정리하여 출판사에 투고했다. 나의 첫 에세이 『미서부, 같이 가줄래?』는 그렇게 세상에 나왔다.

세계 여행은 여전히 나에게 비현실적인 이야기이지만, 내가 가진 작은 경험을 통해 여행 작가라는 꿈을 이룰 수 있었다. 할 수 있는 것부터 시작해 본다면 목표 근처에라도 닿을 수 있다는 걸 알게 되었다. 지레 겁먹고 스스로 한계선을 긋는 순간, 시도조차 해보지 못한 채 끝나버릴지도 모를 일이다.

속 편한 쪽부터 공략하여 이루어낸 건 출간뿐만이 아니었다. 여행 영상을 만들고 싶어서 오래전부터 영상 편집에 눈독을 들여왔었다. 하지만 금전적인 부담 때문에 시작도 못한 채 보낸 세월이 한참이었다. 영상 편집 프로그램을 쓰려면 좋은 사양의 컴퓨터가 있어야 하고, 매달 2만 원 이상의 구독료도 내야하고, 사용법에 관한 강의도 들어야 했다. '큰 맘 먹고 돈을 투자했는데 막상 나랑 안 맞으면 어떡하지?' 짠순이는 계속해서 걱정만 하느라 해보고 싶은 일을 미루고 또 미루었다. 그러다 편집을 하려면 우선 영상부터 찍어야 한다는 당연한 사실을 깨달았다. 복잡하게 생각 말자, 하고는 어딘가 떠날 때마다 닥치는 대로 영상을 찍기 시작했다.

영상을 모으고 나니 어떻게든 편집을 하지 않으면 못 배길 지경이 되었다. 여전히 돈 쓸 자신은 없었기에 무료 편집 프로그램을 찾아내서 연습했다. 아는 게 하나도 없었지만 이것저것 눌러보고 검색하며 사용법을 파악해 나갔다. 어설픈 영상을 몇 개 만들어내고는 '이거 내 취향에도, 적성에도 아주 잘 맞는군.' 확신하게 되었다. 유튜브에서 무료로 강의를 듣기 시작한 뒤로 더욱 자신감이 생겼고, 그제야 초반에 가졌던 의구심을 덜어낸 채 다음 단계로 넘어갈 수 있었다. 유료 편집 프로그램을 구독하기 시작했고, 영상 시간이 1분만 넘어가도 전원이 나가던 컴퓨터를 대신하여 비로소 새 컴퓨터를 장만했다. 뒤늦게나마 환경을 갖춘 뒤, 드디어 나는 영상 편집을 할 줄 아는 사람이 되었다. 원하던 여행 영상도 마음껏 만들 수 있게 되었고, 더 나아가 프리랜서 마켓에 전문가 등록을 하고 편집 의뢰까지 받게 되었다.

이처럼 무언가를 시작해 보기도 전에 부담감이 마음을 짓누를 때가 있다. 내가 과연 그걸 해낼 수 있을지, 괜히 시도했다가 후회하는 건 아닐지, 시작할 자격이 있긴 한 건지.

확신은커녕 수많은 물음표가 머릿속을 꽉 채우는 바람에 자꾸만 주춤하게 된다. 원체 신중한 데다 매사에 자신이 없던 나는 그런 두려움 때문에 시작조차 못 한 일들이 수두룩했다. 하지만 요즘은 생각을 조금씩 바꾸어 나가고 있다. 하늘에 있는 별을 딸 수 없다면, 일단 눈앞의 물웅덩이에 반사된 별부터 잡는 시늉이라도 해보자고. 자그마한 시작이 그 다음 길을 열어줄 테니.

소설 쓰기를 처음 도전할 때도 예외는 아니었다. 에세이를 쓰다 보니 언제부턴가 소설 분야에도 욕심이 생겼다. 소재의 한계를 넘어 상상의 나래를 펼칠 수 있다는 점에서 에세이와는 또 다른 매력을 느꼈다. 하지만 이야기를 구상하면 할수록 소설은 감히 내가 넘볼 수 없는 영역처럼 여겨지곤 했다. 그중에서도 가장 막막하다고 느낀 부분은 바로 자료 조사였다. 내가 맨 처음 습작 삼아 구상해 보았던 장편소설의 여자 주인공은 시골에 사는 식품영양학과 출신이고, 남자 주인공은 특정 환경에서 꽃을 기른다.

하지만 장편이라는 부담감에서부터 시작하여, 내가 살아본 적 없는 시골 배경을 묘사해야 한다는 것, 그 특정 환경에서 어떤 꽃이 자랄 수 있는지 알아내야 한다는 것, 식품영양학에 대한 배경지식이 거의 없다는 것 등등 첫 문장을 쓰기도 전에 마음에 걸리는 게 너무 많았다. 이쪽 한 번 기웃, 저쪽 한 번 기웃거리며 어물쩍어물쩍 자료를 조사하다 보니 막상 소설은 A4 용지 두 장에서 멈춰버리게 되었다.

한창 그런 고민을 할 때쯤 현미경을 다루게 되었다. 현미경을 측정하다 말고 문득 '따로 조사할 내용이 많지 않은 이야기부터 써보면 어떨까?'라는 생각이 들었다. 전공에 있어서만큼은 자료 수집에 자신 있는 편이었고, 더군다나 현미경은 시각적인 자극을 극대화해주는 장비였기에 소설 소재로 쓰기 좋았다. 나의 업무 일상에 소소한 상상력을 불어넣었을 뿐인데, 소설에 들어갈 만한 여러 장면들이 탄생했다. 그렇게 만들어낸 배경 속에 평소의 관심사였던 환경 문제를 녹여냈다. 고분자공학, 즉 플라스틱을 공부한 사람으로서 나의 마음에는 늘 지구에 대한 죄책감이 자리 잡고 있었고, 곳곳에 나타나는 이상 기후를 보면서도 할 수 있는 게 없는 현실에 무력감을 느끼던 참이었다. 짧은 소설 속에나마 지구의 소중함을 담아내보려 애쓴 결과 「지구가 될 순 없어」라는 단편 SF를 써냈다. 부족하디 부족한 나의 첫 소설이 공모전에서 상을 받을 수 있었던 건, 내가 몸소 겪은 경험이나 관심사를 보다 생생하게 묘사할 수 있었기 때문이라는 이유 밖에는 잘 설명이 되지 않는다.

사실 처음 소설을 쓰고자 했을 때 장르 소설은 계획에 없었다. 하지만 이과 출신이라는 장점을 살려서 잘할 수 있는 분야부터 도전해 보니 그럴듯하게 첫 단계를 밟아나갈 수 있게 되었다. 내가 잘 모르는 배경의 소설을 쓰는 건 여전히 버겁다. 장편을 쓰는 것도 부담이 된다. 일단은 내가 익숙한 선에서 최대한 많은 단편 소설을 쓰면서 습작을 쌓아가 보기로 했다. 앞서 구상해둔 시골 배경의 장편 소설이 내 이름을 달고 나올 그날까지.

계단을 한 번에 다섯 개씩 오르려면 숨이 찰 수밖에 없다. 시작이 어렵다면 일단 쉬운 일부터 실천해 보는 게 어떨까. 그다음 단계가 어렴풋이나마 보일지도 모른다.

나 자신을 사랑하는 거 그거 별거 아니야

어느 날 카페에 들러 오천 원짜리 음료를 샀다. 별다른 이유 없이, 그냥 마시고 싶어서 그랬다. 혼자서 음료 컵을 들고 걷는 출근길이 생경했다. 카페라는 공간을 사용하지 않는데 굳이 비싼 음료를 사 먹는 게. 편의점이 아닌 카페에서 음료를 테이크아웃 하는 게. 별거 아닌데도 특별한 기분이 들었다.

또 어느 날은 온종일 입맛이 없었다. 컨디션도 좋지 않아 할 일도 하지 못한 채 낮잠을 잤다. 눈뜨고 나니 그새 저녁 먹어야 할 시간. 힘을 내려면 뭐라도 먹어야 될 것 같은데,

여전히 아무것도 먹기가 싫었다. 하필 남편은 오랜만에 회식을 하러 갔고, 나는 좋아하지도 않는 라면으로 끼니를 때울까 생각했다.

'내일 중요한 일정이 있는데…'

아무래도 영양가 없는 라면을 먹는 건 영 도움이 되지 않을 듯했다. 한참을 고민하다가 집 근처 치킨 집에 전화해서 구운 닭 한 마리를 주문했다. 포장 할인받아서 만 삼천 원. 거기에 오백 원짜리 소스까지 추가.

혼자 먹겠다고 이렇게 큰 걸 사 온 건 처음이었다. 심지어 입에 당겨서 산 것도 아니었다. 힘 나면서도 속에 부담 없는 음식을 찾았을 뿐. 구수한 냄새가 나는 봉다리를 손에 들고 집에 와서는, 김이 모락모락 나는 뜨끈한 닭다리를 소스에 찍어 먹다가 웃음이 나왔다. 나는 지금 나 자신을 아끼고 있구나, 라는 생각이 문득 들어서. 든든해지는 배만큼 마음속도 뿌듯한 감정으로 찰랑거렸다. 치킨은 결국 절반도 해치우지 못한 채 냉장고로 들어가야 했지만. 충분히 가치 있는 투자였다.

자기 자신을 위해주고 사랑하는 거, 그거 생각보다 대수로운 일이 아닌 것 같다. 힘이 쭉 빠진 자신에게 든든한 한 끼를 선물하는 것. 가끔은 기분을 전환해 줄 디저트 하나씩 선물하는 것. 그런 작은 사치로도 충분히 나를 사랑할 수 있다.

그저 '사 먹는다.'고 생각하는 데에 그친다면 별 의미 없는 일이 되어버린다. '이건 내가 나를 아끼는 방식인 거야.'라고, 생각을 조금만 전환해 보자. 아무리 작은 소비일지라도 그 의미는 더욱더 커지게 될 것이다.

케미스트리가 통하기 위해서는

"A+B → C"

A물질과 B물질을 반응 시켜 화합물 C를 만들어내는 과정을 화학에서는 '합성'이라고 한다. 말이 쉽지, 합성은 웬만한 정성으로 이루어 낼 수 있는 일이 아니다. A와 B를 반응시키기 위해 그에 맞는 촉매나 다른 물질들을 함께 넣어주어야 한다. 메커니즘에 따라 어쩔 땐 빛을 비춰주어야 하고, 빛을 완전히 차단해야 하는 경우도 있다. 열을 가해줘야 할 때도 있고, 상온이나 -80℃에 두어야 할 때도 있다. 조성하는 환경에 따라 그 결과는 달라진다. 실패하기도, 성공하기

도 하고, 성공하더라도 결과물의 양에서 확연히 차이가 난다. 까다로운 조건들이 잘 맞아떨어져야만 비로소 제대로 된 화학반응을 일으키는 것이다.

이때, 깔끔하게 C만 생성되는 게 아니다. 수많은 부산물들이 C와 함께 섞여 있다. 그중에서 우리가 원하는 C만 골라내기 위해 정제 과정을 거친다. C와 성질이 다른 부산물들은 상대적으로 쉽게 분리할 수 있지만, C와 닮은 C′, C″, C‴같은 물질들은 좀처럼 분리해내기 어렵기에 더욱 세심하고도 다양한 방법으로 정제를 해야 한다. 갈고 닦으며 인고의 시간을 거쳐야만 마침내 온전한 C를 얻어낼 수 있다.

대학원생 시절에 나는 합성 실험을 했다. 모르는 사람이 얼추 보기에도 분자구조가 매우 복잡한, 그러니까 다리가 여러 개 달린 기다란 벌레처럼 생긴 화합물을 얻어내기 위해 열 단계 이상까지도 합성해 보았다. C에다가 또 D를 더해서 E를 만들고, E에다가 F를 더해서 또 G를 만드는 식으로 열 단계를 간 것이다. 합성 실험은 요리와도 비슷한 점이 많았다. 논문에 실험 방법이 그대로 나와 있음에도, 누가 실험을 하느냐에 따라 결과가 달라졌으니까. 요리를 해

본 사람이라면 "유명한 레시피를 보고 따라한 건데 왜 내가 한 음식은 맛이 없지?"라며 갸우뚱해본 적 있을 것이다. 그와 같이 실험에도 무려 손맛이라는 게 있었다. 요리는 그나마 손맛과 입맛의 궁합에 따라 평가가 달라질 수 있다는 점에서 조금 더 희망적이다. 하지만 합성의 결과물은 장비를 통해 객관적으로 분자 구조를 분석해야 한다. 분석 결과가 틀리면 가차 없이 실패를 인정해야 하는 것이다.

사정이 이러하니, 예상했던 데이터가 나오지 않을 때마다 나는 삐죽삐죽한 그래프가 그려진 종이를 손에 쥔 채 장비 앞에서 주책맞게 눈물을 흘리다가, 다시 터덜터덜 실험실로 향하곤 했다. 실험한 날에 비가 왔으니 습도가 조금 더 높아져서 안 된 건 아닌지, 논문보다 고작 30분 정도 반응을 더 돌렸다고 물질이 파괴된 건 아닌지, 아니면 그냥 내 손이 마이너스의 손이라 어떤 합성을 해도 잘 안 되는 건 아닌지. 터무니없는 요인들까지 죄다 끌고 와서 의구심을 품었다. 똑같은 방법으로 다시 해보기도 하고, 논문을 더 찾아보기도 하고, 다른 메커니즘을 택하여 처음부터 다시 시작해 보기도 했다. 대학원생에게 포기란 자신의 의지로 할 수 있는 게 아니기에 어떻게든 해내야만 했다.

온갖 방법을 다 동원해 보고 결국 원하는 데이터를 손에 쥐었을 때의 희열은 그간 견뎌온 고통의 시간과 비례했다. 그랬기에 매일 울던 장비 앞에서 미친 사람처럼 꺅꺅 소리를 질러대며 방방 뛰는 날도 드물게 있었다. 이게 끝이 아님에도, 다음 단계가 아직 한참이나 많이 남았는데도 그렇게나 기분이 좋았다. 그럴 땐 '이 맛에 화학하지!'라고 생각했다. 지극한 정성과 꾸준한 노력과 찰나의 우연들이 모여 화학 반응을 일으키고, 그 끝에 원하는 걸 얻어낸 순간. 그 순간의 짜릿함이 너무나도 황홀했기에, 그 뿌듯한 감정을 잊지 못했기에 나는 그 후에도 화학 연구원이라는 끈을 쉽사리 놓지 못했다.

이렇게 도 닦는 심정으로 실험을 해보며, 나는 합성 실험이 인생과 많이 닮아있다고 느꼈다. 살면서 원하는 걸 쉽게 얻는 행운을 과연 몇 번이나 누려볼 수 있을까. 지금껏 나는 그런 종류의 생각을 유독 많이 해왔다. 이렇게나 열심히 하는데 왜 안 될까. 남들보다 정성을 더 많이 들였다고 자부할 수 있는데. 왜 이번에도 실패인 걸까, 이런 생각들. 불공평하다고 불평해 보아도 인생은 별수 없다. 노력했음에도 원하는 결과물을 얻지 못했다면, 처음부터 다시 해보거나 다른 길을 찾아보거나 조금 더 정성을 들여 보아야 한다. 그 끝이 어디일지, 과연 끝이 있긴 한 건지 알지 못해도 일단 해보는 수밖에 없다. 수많은 장애물들을 하나씩 걸러내 가며 내가 원하는 것에 조금씩이나마 가까워져야 한다.

요즘 "케미가 통한다."는 표현을 많이들 쓰지 않는가. 그런 말을 들을 때면 생각한다. '맞아. A와 B 사이에 케미스트리, 즉 화학반응이 이루어지려면 모든 게 맞아떨어져야 해.' 라고. 수많은 선택지 사이에서 미세하게 조건을 맞추어가다가 비로소 케미스트리가 이루어질 때, 그제야 원하는 걸 성취할 수 있다. 어렵고 고된 일이지만 그만한 가치가 있음은 분명하다.

에필로그

방황의 조각들

『방황의 조각들』의 출간 계약을 마친 뒤 담당 편집자님과 미팅 약속을 잡았다. 편집자님께서는 인터뷰 미팅이니 편안한 마음으로 오시면 된다고 하셨지만, 정말 아무것도 준비를 안 했다가는 대답도 제대로 못 한 채 어리벙벙할 것 같아서 내 인생의 전반적인 타임라인을 미리 그려보았다.

대형 서점 귀퉁이의 한 카페에서 편집자님을 처음 만났다. 내가 쓴 100여 개의 글을 모두 읽고 와주신 편집자님 덕에, 오래 알고 지낸 분을 만난 듯 마음이 편안했다. 이윽고 편집자님께 그동안 겪어온 큼직한 일들과 당시 느꼈던 감정을 진솔하게 말씀드렸다. 나의 사연을 듣던 편집자님은 공감의 표시로 연거푸 고개를 끄덕이시기도, 더 깊이 질문하시기도, 본인의 비슷한 경험을 공유해 주시기도 했다. 그러다 걱정 어린 눈망울로 나를 바라보시며 "아휴… 그런 일도 있으셨어요? 힘들어서 어떻게 버티셨어요."라고 말씀하실 때면, 나는 수습하듯 서둘러 말씀드렸다.

"편집자님, 조금만 더 들어보세요. 제 이야기는 그래도 어떻게든 해피엔딩으로 흘러가요. 제가 그렇게 만들어보려고 항상 애썼거든요."

내 인생을 한 장의 그래프로 정리해 보니 정말 그랬다. 수학의 도구를 빌려보자면, 난 마이너스와 플러스가 적절히 섞인 삶을 유지하려 노력하고 있다. 마이너스는 대부분 의도치 않게 닥쳐오기 마련이고, 플러스는 나의 의지로 집어넣어야 하는 경우가 많다. 가끔은 너무 많은 마이너스가 나를 공격해온다. 바닥 깊숙한 곳으로 한없이 추락한다. 나는 부지런히 작은 값의 플러스들을 수집한다. 아무리 노력해도 이미 큼직한 음수가 되어버린 이 값을 양수로 바꾸는 일은 쉽지 않다. 언제쯤 0에 수렴할지 눈에 보이지도 않지만,

그래도 -100을 -99로 만들고, -98로 만들고, -97로 만드는 데 온 힘을 다한다.

처음부터 이렇게 적극적인 태도로 플러스를 모은 건 아니었다. 이미 마이너스가 되어버린 나의 심장에 오히려 마이너스를 꽂아버린 적이 더 많았다. 끝이 보이지 않는 곳까지 가라앉고 또 가라앉게 놔두었다. 그때는 정말 나 자신이 땅속으로 꺼져서 사라질 것만 같았다. 너무나도 큰 음수가 되어버린 그 값을 가까스로 힘겹게 0에 수렴시키고, 마침내 +1로 만들어냈던 순간 나는 깨달았다. 아, 산다는 건 이런 거구나. 이 맛에 살아가는 거구나. 하고.

그 뒤로 플러스를 모으기 위해 다양한 시도를 했다. 공연도 보러 가고, 여행도 다니고, 맛있는 것도 먹고. 가라앉은 마음을 후후 불어가며 달랬다. 이런 노력들은 효과가 좋았지만, 바깥세상에서 잠시 플러스 값을 빌려오는 데에 한정되어 있었다. 계속해서 새로운 자극을 찾아야만 비로소 마이너스를 상쇄시킬 수 있었다.

그런데 사랑과 글쓰기만이 달랐다. 내 사람들을 진심으로 사랑하고 또 사랑받는 일, 또 글을 쓰며 나 자신을 돌보는 일은 나의 내면에 수없이 잠재되어 있는 마이너스를 플러스로 바꾸어주었다. 잊고 지내던 좋은 기억들을 발굴해 내고, 안 좋은 기억은 그것대로 더 깊게 이해해 보려 애쓰게 되었다. 그렇게 나는 내 안의 마이너스마저 받아들이는 법을 배웠다.

이 책에 담아낸 이야기들은, '평생 글 쓰겠다'고 다짐한 나로서는 꼭 거쳐야만 하는 필요조건과도 같았다. 시선을 넓혀서 좀 더 다양하고 풍부한 글을 써보고 싶은 욕심과 달리, 에세이든, 소설이든, 어떤 글을 쓰든 나의 상처가 담긴 이야기만 계속해서 써 내려가고 있다는 사실을 어느 순간 깨달았다. 한 번쯤은 나의 사무치던 시절을 끈덕지게 글로 표출해내야만, 다시 0에서부터 시작하여 다른 이야기들을 맘껏 써 나갈 수 있을 것 같았다. 그래서 어느 한 곳에도 오롯이 정착하지 못했던 지난 몇 년 동안 끊임없이 나의 이야기를 썼다. 더는 쓰고 싶지 않을 때까지. 다른 이야기가 쓰고 싶어 못 견딜 때까지.

그렇게 써온 글들을 책으로 엮기 위해 다듬으며, 불과 1년

전의 나와 현재의 나도 제법 많이 변했다는 걸 느꼈다. 그런 의미에서, 『방황의 조각들』은 지금 이 순간에만 쓸 수 있는 책이라는 게 명백해졌다. 나의 방황기가 더 늦기 전에 세상에 나오게 되어 감사할 따름이다.

나의 방황은 여전히 현재 진행형이다. 또다시 안전지대 밖으로 던져진다면, 이제는 조금이라도 더 노련한 모습으로 부서져 볼 생각이다. 그 방황의 파편들은 이곳저곳을 방랑하고 허공을 부유하다가, 끝내 다시 모여 다음의 나를 만들 테니까.

그렇게 계속해서 다음 단계로 건너가 보려 한다.

편집자의 말

작가 '온정'의 글은 따스함과 희망을 바탕색으로 깔고, 그 위에 좌절, 극복, 슬픔, 기쁨, 방황, 제자리걸음, 앞으로 나아감이라는 물감을 덧입혀 완성한 수채화 같은 글이다. 바탕부터 차근차근 색깔이 얹혀 지는 과정을 함께 하고, 그렇게 채색되어 완성된 작가 고유의 분위기가 그득 담긴 한 권의 책이 나오니 뭉클하다.

저자의 글을 처음 접한 건 출판사 투고 메일을 통해서였다. 투고 원고에서 우리 출판사의 시선을 사로잡았던 글은 「나에게도 에코 모드가 있다면」이었다. 우리 출판사 사람들도 무언가에 몰두하기 시작하면 몸이 망가지는지, 마음에 생채기가 나는지 알아채지 못할 정도로 해대다가 결국은 탈진해 버리는 성격들을 갖고 있었기 때문에 저자의 글이 매우 와닿았다.

글은 곧 사람이다. 이런 글을 쓰는 사람은 어떤 사람일까 궁금해졌다. 투고 원고에 적힌 저자의 글쓰기 플랫폼 주소로 찾아가 글을 차분히 모두 읽었다.

글쓰기 플랫폼에 있는 에세이의 경우, 연재의 형식을 띠고는 있지만 결국은 조각조각 단편적으로 완결되는 글이기 때문에 중복되는 감정, 비슷한 사건이나 경험들이 많았다. 하지만 그런 감정과 경험들을 다시 잘 차분히 정리해 본다면 저자는 더 풍부하고 개성 있는 분위기의 글을 독자들에게 보여줄 수 있겠다는 확신이 들었다.

그렇게 작년 겨울, 한 카페에서 저자와 마주 앉아 길고 긴 이야기를 나눴다. 그리고 그 인터뷰 과정을 통해 저자의 인생을 관통하는 한 가지 단어를 찾았다.

바로 '단단함'.

저자는 본인이 예민하고 약한 사람이었다고, 그래서 그것들을 극복하는 삶을 살아왔다고 계속 글에 써왔다. 하지만 이미 그렇게 과거를 돌아보고 그 유약함들을 인정하는 것이야 말로 저자가 원래부터 가지고 있는 '단단함'의 저력이었다는 것을 느낄 수 있었다.

저자의 두 번째 단행본인 『방황의 조각들』은 뭐하나 제대로 이룬 적 없는 어정쩡한 사회인으로서 걸어온 길고 긴 방황기이자, 꾸준히 자신을 단련해온 강인함의 기록이기도 하다.

어떤 글은 공감이 가득하고, 어떤 글은 안쓰러울 수도 있다. 하지만 그마저도 저자가 자기 자신과 사이좋게 지내기 위한 노력들임을, 세상과 소통하기 위해 분투한 흔적들임을 느낄 수 있을 것이다.

저자의 방황이 여기서 마무리 될지 또 다시 시작될지는 알 수 없다. 하지만 저자가 말했던 것처럼 이제부터 저자의 삶에는 자발적인 방황이 더 많아질 거라는 생각이 든다. 비자발적인 방황이 대부분이었던 그녀의 삶이 이제 스스로가 스스로를 감당할 수 있는 수준으로 변화되었기 때문이다.

그녀는 더 성장했다.

10년 뒤 전업 작가가 되고자 하는 그녀는, 이 책이 나오기 직전 또 다시 새로운 시작을 했다. 새로운 길 앞에 다시 한 번 두려움 없이 선 그녀를 응원한다. 새로운 길을 걸으며 또 다시 쌓이고 쌓일 경험들을 충실히 써 내려갈 앞으로의 글들도 더욱 기대해 본다.

여러분도 작가의 글과 인생에 함께 해주길.
여러분의 삶에도 커다란 위로와 응원이 될 것이다.

방황의 조각들

2022년 5월 19일 초판 1쇄 발행

지은이 온정
발행인 정가영
책임편집 이명은
디자인 지민채

펴낸곳 마누스
FAX 0504-064-7414
이메일 manus2020@naver.com
블로그 blog.naver.com/manus2020
인스타그램 @manus_book

ISBN 979-11-971579-5-0 (03810)